Von Gwen Bristow sind
als Heyne-Taschenbücher erschienen:

Melodie der Leidenschaft · Band 01/6241
Morgen ist die Ewigkeit · Band 01/6410
Kalifornische Sinfonie · Band 012/6447
Tiefer Süden · Band 01/6518
Die noble Straße · Band 01/6597
Celia Garth · Band 01/6681
Am Ufer des Ruhmes · Band 01/6761
Alles Gold der Erde · Band 01/6878

GWEN BRISTOW

DER UNSICHTBARE GASTGEBER

Roman

WILHELM HEYNE VERLAG
MÜNCHEN

HEYNE ALLGEMEINE REIHE
Nr. 01/7911

Titel der amerikanischen Originalausgabe
THE INVISIBLE HOST
Deutsche Übersetzung von Werner Gronwald

Der Titel erschien bereits in der Allgemeinen
Reihe mit der Band-Nr. 01/979

3. Auflage

Lizenzausgabe mit Genehmigung des Schneekluth Verlages
Printed in Germany 1990
Umschlagfoto: ZEFA/Luetticke, Düsseldorf
Umschlaggestaltung: Atelier Ingrid Schütz, München
Gesamtherstellung: Presse-Druck Augsburg

ISBN 3-453-03275-6

1

»Es sind siebenunddreißig Wörter«, sagte das Mädchen.

»Würden Sie bitte das Telegramm noch einmal lesen?« sagte die Stimme durch das Telefon.

Sie las:

»Gratuliere stop plane kleine überraschungsparty zu ihren ehren im bienville bungalow nächsten samstag acht uhr stop alles geheim große überraschung stop geheimnis bewahren stop verspreche ihnen originellste party die je in new orleans stattfand gezeichnet ihr gastgeber.«

»Es ist in Ordnung. Senden Sie die Mitteilung an jede von den acht Adressen.«

»Die acht Telegramme werden drei Dollar und sechsunddreißig Cent kosten«, sagte das Mädchen. Dreizehn Vierteldollarstücke und drei Nickelmünzen schlugen klingend auf und fielen klirrend in den Münzkasten.

»Ich danke Ihnen«, sagte das Mädchen. Vom anderen Ende der Leitung hörte sie das Auflegen des Hörers. »Puh«, sagte sie zu dem Mädchen am nächsten Telefon, »hatte dieser Bursche aber eine Gespensterstimme!«

»Vielleicht ist er Leichenbestatter.«

»Nein, er gibt eine Party«, antwortete sie, während sie die Botschaft auf ihrer Tastatur tippte.

Fünfzehn Minuten später waren acht gelbe Umschläge auf dem Wege zu ihren Bestimmungsorten.

Mrs. Gaylord Chisholm riß ihren gelben Umschlag mit schlanken, aristokratischen Fingern auf und las die Botschaft zweimal. Eine Verlegenheitsfalte stand zwischen ihren Augenbrauen, dann lächelte sie amüsiert.

Im matten Lichtschein ihres Boudoirs hatte Margaret Chisholm das Aussehen einer jener früheren Königinnen, deren in Stein gemeißelte Profile geringschätzig auf die Nachwelt herabschauen. Sogar in der Art, wie sie mit der Flamme das Ende ihrer Zigarette berührte und das Telegramm hochhielt, um es durch die blaue Rauchwolke hindurch noch einmal zu lesen, lag etwas Gebieterisches.

Gratuliere stop plane kleine überraschungsparty zu ihren ehren im bienville bungalow nächsten samstag acht uhr stop alles geheim große überraschung stop geheimnis bewahren stop verspreche ihnen originellste party die je in new orleans stattfand gezeichnet ihr gastgeber

Was für ein verrücktes Telegramm! Und doch — es ist ziemlich schlau, dachte Margaret. Irgend jemand schien ihre Position als Initiator der amüsantesten Parties der Stadt anzugreifen. Margaret lächelte und dachte nach.

Natürlich war es nicht nötig, jemandem, der mit den gesellschaftlichen Rivalitäten der Stadt vertraut war, zu erklären, daß Mrs. Gaylord Chisholm wirklich eine Gratulation verdiente — für die ruhige Art und Weise nämlich, in der sie der einzig fragwürdigen Debütantin der Saison den Stempel ihrer Mißbilligung aufgeprägt, indem sie sie von der Gästeliste ihres jährlichen Debütantinnenballs gestrichen hatte. Es war seltsam, so hatte sie hinterher überlegt, welchen Eindruck das hinterlassen hatte. Der Zustand der Gesellschaft war besorgniserregend geworden, vor wenigen Jahren hätte niemand davon geträumt, daß die Tochter eines irischen Politikers bei den Karnevalsfestlichkeiten des Mardi Gras zugelassen würde, ganz gleich, wie reich und philanthropisch ihr Vater sein mochte. Aber jedermann hatte sie jetzt akzeptiert, und sie hatte fröhlich durch den Karneval getanzt — bis zum Abend des Chisholm-Balles. Margaret Chisholm hatte sich zuvor mit Jason Osgood besprochen, dessen Tochter in diesem Jahr auch eine Debütantin war. Das Ergebnis war gewesen, daß Catherine Slamon einfach nicht dabei war, als die Gäste von Margarets berühmtem Ball die Saison eröffneten.

Und so kam es, daß Margaret auf der Party an jenem Samstagabend Dr. Murray Chambers Reid erzählte, sie hätte ihn für den Absender des Telegramms gehalten und für denjenigen, der ihr zur erfolgreichen Abweisung der Slamons gratulieren wollte. Dr. Reid war sich seines Adels zu sehr bewußt, als daß er Margaret wegen dieses Schrittes nicht bewundert hätte. Außerdem hatte ihm Margaret — damit er sich nicht zu geschmeichelt fühlte — zu verstehen gegeben, daß der Text des Telegramms auf sie gewirkt hatte, als habe ein Gelehrter versucht, spaßhaft zu sein. — Ja, das würde Margaret am Samstagabend sagen. Im Augenblick faltete sie das Telegramm einfach zusammen und lachte vor sich hin, als sie ihre Zigarette in einem Aschenbecher aus Sandelholz ausdrückte.

Dr. Murray Chambers Reid schob sorgfältig den Stoß von Universitätsberichten auf seinem Schreibtisch zur Seite und riß den Umschlag des Telegramms auf, das ihm seine Sekretärin gebracht hatte.

In den kühlen akademischen Kreisen, in denen er verehrt wurde, verdankte Dr. Reid sein Ansehen vor allem der Tatsache, daß er nie zu erkennen gab, wenn er etwas zum erstenmal hörte. Er blickte auf das Telegramm und schaute auf, um zu sagen:

»Keine Antwort, Miss Ashmere.«

Aber als sich die Tür hinter ihr schloß, entspannte sich sein Gesicht zu einem verblüfften Stirnrunzeln.

Gratuliere stop plane kleine überraschungsparty ...

Natürlich, Dr. Reid wußte, daß es ziemlich klug von ihm gewesen war, den jungen Henry Abbott ohne Aufsehen aus der Fakultät zu entfernen, als Abbott unmißverständliche Tendenzen gezeigt hatte, umstürzlerische soziale Thesen in seinen Klassen zu verkünden. Aber nur sehr wenige Personen wußten, warum der junge Abbott die Universität nach so kurzer Zeit verlassen hatte; und man hatte auch wirklich keinen Anlaß, die inneren Sprünge in einem großen Staatsgefüge öffentlich zu feiern. Nur zwei oder drei besondere Freunde der Universität hatten Dr. Reid zu der Tatkraft gratuliert, mit der er wieder einmal diese heiligen Hallen von wirren Doktrinen gesäubert hatte. Das waren Männer gewesen wie Jason Osgood, Männer, die den Wert seiner Arbeit zu schätzen wußten.

Dr. Reid würde also, wenn er auf der Party am Samstagabend erschiene, Jason Osgood beiseite ziehen und ihm erzählen, er habe gedacht, Mr. Osgood hätte das Telegramm geschickt. Er würde noch hinzufügen, daß er es für eine weise Voraussicht von Mr. Osgood gehalten habe, einfach als »Ihr Gastgeber« zu unterzeichnen. Dadurch würde den Neugierigen kein Hinweis darauf gegeben werden, daß es Jason Osgood war, der den Lehrstuhl für Wirtschaftswissenschaften gestiftet hatte und der ein väterliches Interesse an dem nahm, was von diesem Lehrstuhl aus gelehrt wurde.

Das alles würde Dr. Reid am Samstagabend sagen. Er wußte es jetzt schon, als er das Telegramm in seine Brusttasche steckte und seiner Sekretärin läutete. Dr. Reid traf seine Entschlüsse leicht im voraus.

Als die Sekretärin durch die Tür stürmte, runzelte Jason Osgood ungeduldig die Stirn — verärgert darüber, daß ein Telegramm ihn zu dieser Zeit unterbrochen hatte. Er schob den Bericht an die Aktienbesitzer beiseite und riß den Umschlag des dritten Telegramms auf.

Auf der Party am Samstagabend würde Mr. Osgood den jungen Peter Daly beschuldigen, Absender des Telegramms zu sein. Er würde erklären, wie verärgert er bei dessen Empfang gewesen war — es war nicht gerade beruhigend, in seinem Büro durch geheimnisvolle Botschaften von künstlerischen Jünglingen aus dem Französischen Viertel gestört zu werden. Immerhin, Mr. Osgood mußte zugeben, daß es eine ziemlich wichtige Angelegenheit gewesen war, den Volkswirtschaftlichen Lehrstuhl zu finanzieren, und er hätte eigentlich nicht überrascht sein sollen, wenn Peter plante, die Osgood-Stiftung zu feiern.

Natürlich wollte ich Ihnen auch gratulieren, daß Ihr Buch am Broadway zu einem Theaterstück wird, würde Mr. Osgood hinzufügen, deshalb entschloß ich mich, nach einer Zusammenkunft in meinem Büro eine Weile heraufzukommen.

Das würde Mr. Osgood am Samstagabend sagen. Jetzt las er das Telegramm und legte es dann zur Seite, um sich wieder seinem Bericht zuzuwenden. Mr. Osgoods Büro lag in dem glänzenden Bienville-Gebäude, aber er hatte bisher noch keinen Blick auf den Dachgarten und die Laube geworfen, die sich zweiundzwanzig Stockwerke hoch über der Straße befanden. Er erinnerte sich nur daran, daß die Architekten gesagt hatten, es wäre die hübscheste Anlage ihrer Art in der Stadt.

Peter Daly hatte in den Buchläden längs der Royal Street herumgestöbert und fand seine Nachricht auf dem Kaminsims, als er heimkam. Er legte ein in Zeitungspapier verpacktes Bündel Bücher auf den Fußboden und öffnete das vierte Telegramm.

Es hat volle drei Minuten gedauert, bis ich den Absender bestimmt hatte, würde Peter auf der Party am Samstagabend berichten. Aber nachdem ich im Geiste die Liste meiner Freunde durchgegangen hatte, erinnerte ich mich an Sylvia, und ich war sicher, daß sie es war. Sie wissen, Sylvia war immer eine Art von Kameradin für mich. Sie pflegte meine Sachen zu lesen, und damals, als ich selbst kaum glaubte, daß es etwas taugte, sagte sie schon, es sei gut. Und es schien mir gut zu Sylvia zu passen, in den ersten Tagen nach meiner Heimkehr eine Party für mich zu geben. Ich nehme an, ich war ein wenig töricht — wenn man sein erstes Stück auf dem Broadway aufgeführt sieht, steigt einem das eben zu Kopf.

Das würde Peters Erklärung am Samstagabend sein. Aber jetzt, als er das Telegramm gelesen hatte, ging er einfach auf seinen Balkon hinaus, schaute auf die seltsame, verfallene Schönheit des alten Französischen Viertels hinab und lauschte auf das Glockenspiel von dem staubgrauen Turm der Kathedrale.

»Ein Telegramm, Miss Sylvia.«

»Danke, Chad.« Sylvia hob ihren blonden Kopf, um ihren Bürojungen anzuschauen, und lächelte unwillkürlich. »Chad, wie oft habe ich dir schon gesagt, daß du im Büro keinen Gummi kauen sollst!«

»Oh, Miss Sylvia, es tut mir leid.« Er fischte ein Stück Papier aus dem Abfallkorb und wickelte den Gummi darin ein. »Ist es jetzt gut?« fragte er, als er das zusammengeknüllte Papier wieder in den Korb tat.

»Ja, ich denke. Und sag Miss Worthington, sie möchte die Briefe bis fünf Uhr fertigmachen. Mr. Lindsay wird bis dahin zurückkommen.«

»Jawohl.« Chad nickte eifrig und grinste sie an, als er ging.

Sylvia lächelte ihm nach, als sie ihre Finger unter die Umschlagklappe des fünften Telegramms gleiten ließ. Sie fand eine närrische Freude an der Bewunderung des Bürojungen und hielt das für eine typische Huldigung an die Tatsache, wie sehr und doch wie wenig sie wie ein Anwalt aussah.

Ihr Gesicht erhellte sich wieder vor Erheiterung, als sie das Telegramm las:

Gratuliere … ihr gastgeber

Aber es sah dir so ähnlich, Tim, würde sie auf der Party am Samstagabend flüstern.

Sylvia war eine bewundernswürdige Rechtsanwältin — logisch und von kühler Verstandesschärfe. Einige von ihren Klienten waren im Laufe der Zeit ihre wärmsten Freunde geworden, und ihr engster Freund unter ihnen war vielleicht Tim Slamon, der Politiker, dessen rundes, kampflustiges Gesicht seinen sehr wachen Intellekt verleumdete. Sylvia war stolz auf Tim, und Tim hatte große Hochachtung vor Sylvias Fähigkeiten.

Aber ich habe mir Gedanken darüber gemacht, würde Tim sie am Samstagabend sagen hören, ob es klug von Ihnen war, mit einer Party zu feiern. Natürlich war es ein Triumph für uns beide, als wir beweisen konnten, daß Cosgrave gesetzlich berechtigt war, als Bürgermeister zu kandidieren — nach all dem Schmutz, den Osgoods Partei geworfen hatte. Schließlich fand ich es aber doch gut von Ihnen, mir eine Party zu geben.

Sylvia dachte an diese Osgood-Slamon-Fehde, als sie das Telegramm wegsteckte. Sie wußte, daß ihre Methoden in diesem Falle etwas von der Anrüchigkeit eines Winkeladvokaten gehabt hatten, und sie glaubte nicht, daß sie für einen anderen als für Tim soviel riskiert hätte. Guter alter Tim!

Es war charakteristisch für Tim Slamon, daß er nie auf seiner Zigarre kaute. Als er nach seiner Rückkehr von der Stadthalle in sein Büro trat, umhüllte blauer Rauch seinen Kopf, so daß er schließlich aussah wie ein Wesen von einer Rasse seltsamer keltischer Kobolde, die sich in einer Wolke fortbewegen.

Zwei Telegramme lagen auf seinem Schreibtisch. Das erste war eine Mitteilung von einem der auswärtigen Direktoren des Künstler-Klubs. Man dankte Mr. Slamon darin für den Gemeinsinn, den er bewiesen hatte, indem er dem Künstler-Klub Zuwendungen aus dem Geldfonds der Stadt vermittelt hatte. Tim las es und legte es mit einem freundlichen Lächeln beiseite. Er schätzte den Künstler-Klub. Nicht, daß er je Zeit gehabt hätte, viel über Bilder, Töpferei und Bildhauerkunst zu lernen; aber der Klub wurde von einer amüsanten Gruppe geführt, und seine Schule hatte sich einen Ruf erworben, den ein bekannter Kopf der Bürgerschaft von Tims Qualitäten nicht übersehen durfte. Der junge Abbott hatte wahrscheinlich bei den Direktoren dieses Dankletelegramm in Vorschlag gebracht, überlegte Tim. Abbott war ein netter Bursche — trotz seiner kürzlichen, geheimnisvollen Entfernung von der Universität nach einer Lehrtätigkeit von vier Monaten —, und er würde natürlich am Wohlergehen des Klubs interessiert sein, denn er war vor kurzem mit dem ersten Preis in dessen Frühlingsausstellung ausgezeichnet worden.

Tim öffnete das andere Telegramm.

Wenn er den jungen Abbott am Samstagabend träfe, würde Tim erklären, er hätte gleich an Abbott als Absender des Gratulationstelegramms gedacht. Es war offensichtlich das Werk eines Gedankenlosen wie Abbott.

»Ich dachte, Sie hätten versucht, geheimnisvoll zu sein, und ich stellte es mir sehr spaßig vor, mit Ihnen zusammenzutreffen«, würde Tim sagen. »Ich dachte, ich würde kommen wie befohlen und so tun, als hätte ich keine Ahnung, wer der Gastgeber sei, und Überraschung heucheln, wenn Sie es bei den Cocktails eingestehen würden.«

Als er das Telegramm beiseite legte, dachte Tim daran, wie gut es ist, daß er lange Erfahrung darin hatte, es möglichst jedem recht zu machen.

Henry L. Abbott, bei seinen Freunden im Französischen Viertel als Hank bekannt, saß in einem Palmen-Innenhof und bemalte die schiefe Treppe, die zum Balkon emporführte, als die alte Negerin, die seine Wohnung in Ordnung hielt, ihm das siebente Telegramm brachte. Sie meldete es in ihrer weichen, freundlichen und nicht im Druck wiederzugebenden kreolischen Sprechweise. Hank, der nie mehr als die Hälfte dessen, was sie ihm sagte, verstand, murmelte: »Es ist gut.«

Als sie sich zurückzog, beugte er sich vor und betrachtete die Beimischung von Blau, die er in den Schattenteil der Treppe getan hatte. Es schien ihm jetzt zu blau. Hank verstand beträchtlich mehr vom Malen als vom Kommunismus, wirklich, er überlegte immer noch, was er in seinen Lehrstunden wohl gesagt haben mochte, das Dr. Reid kommunistisch vorgekommen war. Er runzelte die Stirn über dem blauen Schatten und riß das Telegramm auf.

Er las es einige Male und lachte in sich hinein. Hank war in besonders guter Stimmung, seit er bei der Frühlingsausstellung den Preis gewonnen hatte.

»Jean«, sagte Hank zu der blauschattierten Treppe hin. »Jean.«

Auf der Party am Samstagabend würde Hank zugeben, daß sie ihm als die einzig mögliche Absenderin des Telegramms erschienen war.

Es hatte eine solche Hollywood-Atmosphäre, würde er sagen. Und es schien Ihnen so ähnlich, sich mitten in Ihrer atemberaubenden Karriere daran zu erinnern, daß auch ich einen kleinen Preis gewonnen habe.

Hank stopfte das Telegramm in die Tasche und kehrte zu seiner Betrachtung des Schattens auf der blauen Treppe zurück.

Aber Jean, die wunderhübsche, dunkle, ätherische Jean Trent vom Film, die für ein paar Ferientage nach New Orleans heimgekehrt war, sagte, daß sie beim Empfang des achten Telegramms nicht an Hank gedacht habe. Sie sagte am Samstagabend, daß sie, sobald sie es gelesen, an Margaret Chisholm gedacht hatte.

Jean war von einer Aktiengesellschaft zum Broadway gegangen und von dort nach Hollywood. Dort hatte sie drei Filme gedreht, die ihren Namen in schimmernden Lettern auf die vergängliche Hollywooder Ruhmestafel gesetzt hatten. Aber Jean war einsam in Hollywood. New Orleans war ihre Heimatstadt, und wie viele andere, die in dem magischen Grün und Gold von New Orleans aufgewachsen sind, kehrte sie so oft wie möglich dorthin zurück.

Jeans neuster Film war am Tage zuvor in New Orleans uraufgeführt worden, und Jean war persönlich zur Premiere erschienen. Dieses Telegramm war nur eine der vielen Glückwunschbotschaften. Margaret hatte Jean schon vor ihrer Rückkehr nach New Orleans versprochen, eine Party für sie zu geben, zu der ihre liebsten Freunde eingeladen werden sollten; so war am Samstagabend niemand überrascht, als Jean sagte, das Telegramm müsse von Margaret sein. Jean gab zwar zu, nie gehört zu haben, daß Margaret telegraphische Einladungen versandte; aber daran hatte sie kaum gedacht, denn wie andere intime Freunde von Mrs. Chisholm war sie an deren spontane Aufforderungen gewöhnt.

2

Jean Trent kam als letzte. Sie trat im einundzwanzigsten Stockwerk des Bienville-Gebäudes aus dem Fahrstuhl und stand einen Augenblick auf dem Gang, wo ein Pfeil den Weg zum Dach wies und ein schmaler Lichtschimmer die Wendeltreppe sichtbar machte. Jean betrachtete sich in der Glasscheibe der Fahrstuhltür und lächelte, als sie bedachte, daß man in Kleidern, die man sich auf Grund eines Filmvertrages kaufen konnte, doch anders daherkam. Sie drehte den Kopf, bemerkte, wie das Licht auf ihrem lackschwarzen Haar lag, zupfte noch ein wenig an dem malvenfarbigen Kleid und wendete sich dann von der Fahrstuhltür ab, um die Treppe emporzusteigen.

Die Wendeltreppe war nur schwach erleuchtet, und am oberen Treppenabsatz blieb Jean einen Moment zögernd in dem kleinen Vorraum stehen. Vor ihr war eine große, reich mit Schnitzereien bedeckte Tür. Es lag etwas Bedrückendes in dem schwachen Licht und in den gekrümmten Schatten zwischen den Schnitzereien; sie fühlte, wie sie erschauerte, als sie den Vorraum durchquerte und anklopfte.

Die Tür sah so massiv aus, daß es Jean vorkam, als stände sie vor einer Festung. Sie hob den schweren Silberklopfer, und fast sofort gab die große Tür nach, in unsichtbaren Angeln und so leise und so schwer wie die Pforte einer Gruft. Ein großer Butler mit weißem Haar trat zur Seite, um sie vorbeizulassen. Ein kleiner Ausruf der Überraschung und Freude entschlüpfte ihr, als die Tür sich schloß. Sie war auf einen mit Steinen gepflasterten Weg getreten, der an beiden Seiten von Mauern umsäumt war; und als sie jetzt zu der Biegung kam, trat sie in einen beflaggten und mit Blumen geschmückten Innenhof, über dem sich der Himmel wölbte. Es war eine Nachahmung der berühmten alten Innenhöfe im Französischen Viertel. Es gab Palmen und Blumen und Marmorbänke in diesem Innenhof, der sich von der Laube aus nach allen Seiten zu erstrecken schien. Die Laube stand wie ein Bungalow mitten im Garten, und rund um den Innenhof sorgte eine hohe Mauer — bewachsen von leicht im Winde schwingenden Weinranken — für die Abgeschlossenheit dieses Idylls. Jean näherte sich einer anderen Tür, offensichtlich dem Eingang der Laube; sie gab dem Butler ihren Überwurf und ging hinein.

Der Butler hatte die Tür zu einem großen, hellen Raum voller vertrauter Menschen geöffnet, die sie im Chor begrüßten.

»Meine liebe Jean!« rief Mrs. Gaylord Chisholm aus. »Ist dies Ihre Party?«

»Dann sind Sie also verantwortlich hierfür«, sagte Jason Osgood.

»Ihr Dachgarten ist entzückend!« sagte Dr. Murray Chambers Reid.

»Einen Augenblick!« rief sie lachend und streckte ihre Hände aus, als wollte sie den Schwall von Worten abwehren. »Ich verstehe Sie durchaus nicht.«

Sie lachte wieder jenes leichte, verhaltene Lachen der Jean Trent, das von Hollywood aus rund um die Welt sprudelte.

»Um Gottes willen!« rief sie aus. »Warum danken Sie mir?«

Sie schaute die Leute verwirrt an, und ihre Hände waren in jener bewunderungswürdigen fragenden Geste erstarrt, die eine Million von Verehrern so gut kannten.

»Aber Jean«, sagte Henry L. Abbott. »Sind Sie heute abend nicht unsere Gastgeberin?«

»Natürlich nicht, Hank. Seien Sie nicht so einfältig! Ist dies nicht Margarets Party?«

Ein plötzlicher Ausbruch von Gelächter und Fröhlichkeit entstand rund um sie her.

»Wir haben es Ihnen ja gesagt, Margaret«, sagte Peter Daly fröhlich.

Jean stand eine Minute still und schaute sich fragend um. Sie sah reizend aus in ihrem gebauschten, malvenfarbigen Kleid, mit ihrem schimmernden Haar und ihren Augen, die so grau waren wie Sturmwolken. Dann zuckte sie mit einer Schulter, schürzte die Lippen und ging zu einem großen Sessel.

»Ich glaube, ihr seid die unhöflichsten Leute, die ich je in meinem Leben gesehen habe«, sagte sie.

»Sind wir das nicht wirklich?«

Das war Sylvias berühmte Stimme — klar und dünn wie eine neue Nickelmünze. Sylvia stand vor einem schweren, dunklen Fenstervorhang und sah aus wie eine Walküre, weiß und golden und stark.

»Ich glaube es fast. Jemand sollte Jean sagen, worüber wir uns so amüsieren.«

»Jemand, der Bescheid weiß, soll es sagen«, sagte Tim Slamon und ließ sich in den nächsten Sessel sinken. »Ich habe keine Begabung für Kreuzworträtsel, Schachaufgaben oder ähnliche Spiele.«

»Sagen Sie es ihr, Hank«, meinte Sylvia.

»Also gut. Seid still, ihr Rüpel.«

Hank Abbott stellte sich mitten auf die Dielen und schaute Jean an, während die anderen sich mehr oder weniger geräuschvoll im Raum verteilten. Er wartete mit jener charakteristischen Gleichgültigkeit, die Sylvia einst zu der Bemerkung veranlaßt hatte, daß es für Hank überflüssig sei, mühsam eine nützliche Beschäftigung zu lernen, weil er seine Person so völlig zum Selbstzweck seines Daseins erhoben hatte.

Hank schaute um sich — auf Mrs. Chisholms schwarze Samteleganz — auf den Gold- und Elfenbeinschimmer von Sylvia — auf Jean; eine Harmonie von Blumen und

Weihrauch in irgendeiner Purpurdämmerung der Götter. Er schaute zu Peter, dem Stückeschreiber, und von dort zu dem vierschrötigen Iren Tim Slamon und der vom Geld bestimmten Aggressivität von Jason Osgood. Zum Schluß ruhten seine Augen einen Moment auf Dr. Murray Chambers Reid, dem vollkommenen Akademiker.

»Wer immer es auch sei«, sagte Hank langsam, »unser Gastgeber hat eine einmalig interessante Gesellschaft zusammengebracht. Hier sind acht Gäste, kein einziger gehört zu jener Sorte von kichernden Halbidioten, die man in einer höflichen Gesellschaft fast nicht umgehen kann. Ich möchte sagen, daß unser Gastgeber ein hinreißendes Beispiel gesellschaftlicher Auslese gefunden hat.«

»Wir wissen alle, daß wir charmante Leute sind, Hank«, sagte Margaret und zündete sich mit pedantischer Präzision eine Zigarette an. »Aber soll dies eine Rede sein oder eine Art von Erklärung für Jean, warum wir so unhöflich zu ihr waren?«

»Tut mir leid, wenn ich Sie gelangweilt habe«, sagte Hank ungerührt. »Ich denke jedoch, es wird unser aller Geist klären, wenn wir die Situation einmal in meiner mikroskopischen Betrachtungsweise anschauen.«

Er schaute sich im Raum um. Er war in Schwarz und Silber gehalten und mit hellen Möbeln ausgestattet. Die Wände waren silbern bespannt und von langen schwarzen Linien durchzogen. Lange geometrische Silberfiguren rankten sich an den schwarzen Vorhängen empor. Die Stühle und Tische ließen ihre Ecken mit moderner Unbekümmertheit in den Raum ragen. Das Radio an einem Ende des Raumes war in eine schwarze Truhe eingebaut, die einem Wolkenkratzer nachgebildet war und eine silberne Skalenscheibe hatte. Es war ein irritierender Raum — ein Raum, der einem das Gefühl vermittelte, nicht ganz passend für diese Gelegenheit angezogen zu sein. Dem Radio gegenüber führten zwei Schiebetüren ins Eßzimmer, und links von Hank war die Tür zum

Schlafzimmer, über der eine silberne Leda zu einem riesigen schwarzen Schwan emporblickte.

»Jean, wie kamen gerade Sie heute hierher?« fragte Hank.

»Nun, ich bekam gestern ein Telegramm, das mit einer Gratulation begann, mich zu dieser Party hier einlud und mit ›Ihr Gastgeber‹ unterzeichnet war.«

»So ist es. Aber das Besondere an dieser kleinen Party ist, daß kein Gastgeber vorhanden ist. Es sind nur Ehrengäste da. Jeder von den hier Anwesenden empfing gestern ein Telegramm, das — wenn uns unser Gedächtnis nicht täuscht — immer dieselben Worte enthielt. Da es uns einmal ausgeliefert worden ist und New Orleans eben so ist, wie es ist, waren wir bereit zu kommen. Keinem von uns fiel es schwer, seine Eitelkeit unter Beweis zu stellen, indem er sich seine große Leistung vorstellte, derentwegen man ihm gratulierte. Sei dem, wie ihm sei, wir sind hier. Der Gastgeber hat sich aber bis jetzt nicht gezeigt.«

»Aber ...«, Jean zögerte, »es könnte ja sein, daß man uns einen Streich spielen will. Vielleicht hat er sich verkleidet — oder er fällt durch die Decke — oder er kommt durch den Aufzug für die Mahlzeiten ...«

»Jean, die war in Hollywood, Hollywood, Hollywood«, sang Jason Osgood und taktierte dazu mit seiner Zigarre.

»Seien Sie still«, befahl Margaret und gab ihm mit ihrem Fächer einen Klaps auf die Wange. »Sie sehen, Jean, jeder von uns hat gedacht, einer von den anderen hätte ihn eingeladen. Jason und ich waren die ersten hier. Wir trafen uns unten und kamen zusammen herauf. Ich hatte gedacht, Dr. Reid habe das Telegramm gesandt.«

»Das ist spaßig!« rief Jean aus. »Was war denn Ihre große Tat?«

Margaret erblickte Tim jenseits des Raumes und lächelte undurchsichtig. Die zwanzig Jahre seit ihrer Heirat hatte Margaret mit der Vervollkommnung der Kunst verbracht, sich nie aus der Fassung bringen zu lassen.

»Oh, etwas Albernes, meine Liebe. Eine weitere Bestätigung für Hanks großartige Eitelkeitsidee.«

Tim starrte sie an, und seine schlauen Augen verengten sich. Sylvia schenkte ihr jenen entzückten Blick, der anzeigt, daß man höflich ist, ohne im geringsten auf das zu achten, was gesagt wird. Aber Margaret fuhr fröhlich fort:

»Nachdem alle hier waren — alle außer Ihnen —, verglichen wir unsere Gedanken und entdeckten, daß ich die einzige Anwesende war, die keiner in Verdacht gehabt hatte, die Party zu geben, so verdächtigte schließlich jeder mich, Gastgeberin zu sein.«

»Sind Sie es wirklich nicht, Margaret?« fragte Osgood.

»Nein, Jason, nein, nein, nein. Ich hatte nie in meinem Leben eine solche Idee. Dann, als Sie ein wenig zu spät kamen, Jean, dachten wir, Sie seien es. Aber als Sie hereinkamen und sagten, ›ich dachte, das Telegramm sei von Margaret ...‹«

Jean lachte laut — oh, Jeans zauberhaftes Lachen!

»Ich finde das großartig!« rief sie aus. »Ganz großartig.« Sie sprang wie ein Kind auf und drehte auf ihren Satinschuhspitzen eine Pirouette. »Es ist einfach köstlich. Vielleicht gibt es noch weitere Leute — Dutzende davon —, und alle werden sie durch jenes Telegramm hergelockt.« Ihre Stimme senkte sich düster, und sie drohte warnend mit dem Finger. »Vielleicht hat jemand Telegramme an alle Bewohner der Stadt geschickt, um zu beweisen, daß unter einer halben Million dickköpfiger Leute nicht einer ist, der nicht immer glaubt, große Taten vollbracht zu haben. Ich finde die Idee einfach wunderbar.«

»Wollen Sie etwa behaupten, daß bald eine halbe Million Menschen versuchen werden, hier einzudringen?« fragte Tim Slamon mit einem Grinsen. »Da wir angebissen haben, könnten wir ja eigentlich gehen und nun denen Platz machen, die nach uns kommen.«

»Gehen wir nicht, ohne herausgefunden zu haben, ob man uns wenigstens einen Drink vorsetzt«, murmelte Hank. »Rufen wir den Butler und fragen wir, ob dieser unsichtbare Gastgeber irgendeine Erfrischung dagelassen hat oder ob alles eine Täuschung war.«

»Das ist eine Idee«, sagte Peter Daly. »Ist hier irgendwo eine Klingel?«

»Dies hier sieht so aus«, sagte Margaret und deutete auf eine geflochtene Kordel zwischen den Vorderfenstern.

Peter läutete, und der schweigsame, unfehlbare Butler trat durch die Schiebetüren und schloß sie wieder hinter sich.

»Sagen Sie, bitte«, murmelte Hank. »Äh — wie werden Sie angeredet?«

»Hawkins, Sir.«

»Hawkins«, wiederholte Tim. »Das klingt wie in einer Salonkomödie.«

»Es ist eine Salonkomödie«, sagte Sylvia, »das ist ja der Witz an dieser Party.«

»Hawkins«, sagte Hank, »Sie werden wohl zugeben, daß dies eine ziemlich ungewöhnliche Art von Gesellschaft ist. Wir meinen, daß wir alles besser verstehen könnten, wenn wir irgendeinen Drink hätten.«

»Ich war gerade dabei, die Cocktails zu servieren, als Sie läuteten, Sir.«

»Ausgezeichnet«, sagte Hank.

»Aber ich dachte, wir wollten ihn nach unserem Gastgeber fragen«, wandte Jason Osgood ein, als die silberschwarzen Schiebetüren sich schlossen.

»Ach, Jason«, sagte Hank. »Jason hat es immer zu eilig, den Lämmern ihr Goldenes Vlies zu scheren, als daß er sich daran erinnern könnte, daß es mitunter gut ist, die Zeit bei den sanften Annehmlichkeiten des Lebens zu verschwenden. Fragen stellt man auf einer Party erst, wenn die Drinks in Sicht sind — nicht vorher. Zum Beispiel jetzt«, fügte er hinzu, als Hawkins mit dem Tablett wieder erschien. »Er hat meine Zigarettensorte besorgt«, bemerkte Sylvia, als sie sich eine Zigarette aus einem dreieckigen Kästchen von einem kleinen Seitentisch auswählte. »Hawkins! Gehen Sie noch nicht! Wir möchten eine Information von Ihnen haben.«

»Gewiß, Madam«, sagte Hawkins gehorsam.

Dr. Reid veränderte seine Haltung mit einem tief gelangweilten Atemzug, der so beredt war, als hätte er seine Verärgerung über diesen Typ von erfahrenen Frauen, die eine Leidenschaft dafür haben, alle Angelegenheiten in die Hand zu nehmen, laut ausgesprochen.

»Nun, Hawkins«, sagte Hank, »dies verspricht ein reizender Abend zu werden, aber da scheint ein dunkler Punkt zu sein, der noch geklärt werden müßte. Wir möchten nachforschen ...«

»Es wird die ganze Nacht dauern, wenn Sie nachforschen«, unterbrach ihn Peter. »Lassen Sie Sylvia fragen.«

Sylvia glättete eine Falte über ihrem weißen Satinschoß.

»Hawkins, wer gibt diese Party?«

»Das kann ich Ihnen nicht sagen, Madam.«

»Warum können Sie uns es nicht sagen? Wollen Sie damit zum Ausdruck bringen, daß es ein Geheimnis ist?«

»Ich meine damit, daß ich es nicht weiß«, sagte Hawkins ruhig.

»Aber Hawkins!« rief Jean aus. »Sie müssen es doch wissen! Irgendwer muß Sie doch angestellt haben.«

»Ihr Gastgeber hat mir Anweisungen hinterlassen, Ihnen alles zu sagen, was ich über ihn weiß«, sagte Hawkins unbeirrbar. »Ich wurde mit der Köchin und zwei Kellnerinnen engangiert, die Sie beim Abendessen bedienen werden. Das Engagement erfolgte telefonisch durch die Castelden-Agentur. Jemand fragte, ob ein erfahrener Butler namens Hawkins oder Tomkins frei sei ...«

»Es ist also doch eine Salonkomödie!« rief Peter aus.

»Ich weiß es nicht, Sir. Auf jeden Fall wurden mir schriftliche Anweisungen durch die Post zugestellt. Ich sollte heute abend hierherkommen, wo ich alles bereit finden würde, um acht Gästen ein Abendessen zu servieren. Auf dem Tisch im Anrichtezimmer sollte ich einen Umschlag finden, der Anweisungen für die Unterhaltung der Gäste enthielte. Alles soll nach einem genauen Plan erfolgen. Meine Anweisungen sind sehr detailliert. Ihr Gastgeber hat — wenn ich das sagen darf — einen sehr angenehmen Abend geplant. Ihr Küchenchef ist der Küchenchef des Restaurants von Monsieur Lamatte, das erst vor kurzem geschlossen wurde. Die Helfer bereiten eben die Austern à la Rockefeller für Sie vor.«

»Darf ich fragen, ob dieser geheimnisvolle Gastgeber ein Mann oder eine Frau ist?« sagte Dr. Reid.

»Das weiß ich nicht, Sir.«

»Aber wird er — oder sie — überhaupt herkommen?« fragte Peter.

»Ich habe weiterhin die Anweisung erhalten, Ihnen zu sagen, Sir, daß Sie im Laufe des Abends von Ihrem Gastgeber hören werden.«

»Was für eine Party!« rief Margaret.

Hank grinste.

»Jetzt ist die Zeit für alle guten Menschen gekommen, zum Gelingen der Party beizutragen.«

»Das wird verwickelt«, sagte Peter.

»Aber es ist erheiternd«, sagte Sylvia. »Ich möchte es nicht missen. Das ist alles, Hawkins. Aber wer in aller Welt ...«

»Keiner von meinen Bekannten, dessen bin ich sicher«, sagte Dr. Reid, »keiner von ihnen wäre auf eine so absurde Idee gekommen.«

»Aber meinen Sie, daß wir bleiben sollten?« fragte Osgood. »Da ist irgend etwas ...«

»Natürlich werden wir bleiben«, sagte Tim. »Ich bin der gleichen Meinung wie Sylvia. Auch ich möchte diese Party nicht versäumt haben.«

»Selbstverständlich werden wir alle bleiben, wo wir nun schon einmal hier sind«, sagte Dr. Reid.

»Dr. Reid, der immer Unerschütterliche«, kommentierte Hank gedehnt.

Dr. Reid warf ihm einen unfreundlichen Blick zu, aber Margaret Chisholm sprang in die Bresche, indem sie taktvoll das Thema änderte. Sie ging hinüber, um sich neben den Professor zu setzen. Hawkins kam wieder mit Cocktails herein. Als er das Tablett herumgereicht hatte, warf er einen Blick auf die kleine schwarze Uhr an der Silberwand, durchquerte den Raum und kauerte sich vor die Radiotruhe direkt gegenüber den Schiebetüren.

»Drehen Sie das Ding nicht an«, widersetzte sich Peter. »Diese Apparate vollführen solch einen Lärm.«

»Sie werden mir verzeihen, Sir«, sagte Hawkins sanft, »Ihr Gastgeber hat mich ausdrücklich angewiesen, zu dieser Zeit das Radio anzuschalten und eine bestimmte Station einzustellen. Das ist ein Teil seines Programms für den Abend.«

Er drehte an den Knöpfen.

»Also gut«, sagte Peter.

»Ganz recht«, sagte Dr. Reid und schaute von seiner Unterhaltung mit Mrs. Chisholm auf.

»Der liebe Dr. Reid«, murmelte Sylvia an der Seite von Tim. »Der Unerschütterliche fühlt sich noch nicht von der unwiderstehlichen Kraft herausgefordert.«

»Station WSMB, New Orleans, Amerikas interessanteste Stadt«, ertönte die Stimme aus dem Radio. »Ladies und Gentlemen, heute abend haben wir das Vergnügen, durch Sondervereinbarung mit der American Broadcasting Company das Konzert zu hören, das vom Quinby

Orchestra in der Carnegie Hall in New York gespielt wird.«

»Ich freue mich, daß wir dies hören werden«, sagte Jean. »Ich erinnere mich, in der Zeitung gelesen zu haben, daß es heute abend durch Rundfunk übertragen wird.«

Die Musik strömte aus dem Radio, und die Teilnehmer der Party begannen sich zu entspannen. Ohne es zu merken, ließen sie Mrs. Gaylord Chisholm die ihr vertraute Rolle der vollkommenen Gastgeberin übernehmen. Sie bewegte sich anmutig und ohne Eile durch den Raum; man konnte denken, es sei ihre Party — eine besonders unterhaltsame Party. Sie blieb eine Minute direkt unter dem Kronleuchter stehen und lächelte Tim Slamon an, der ihr mit einem seltsam schiefen Lächeln erwiderte.

»Sie sieht immer noch gut aus«, bemerkte Tim mit grollender Anerkennung zu Sylvia.

Margaret scheute nie das Licht, das mitleidlos die Einzelheiten ihres sechsundvierzigjährigen Gesichtes enthüllen konnte. Sie war zu selbstsicher, als daß sie jugendliche Ausflüchte benutzt hätte, und sie besaß den reifen Charme und die strenge Eleganz, die junge Frauen nur zu erreichen hoffen können. Sie verkörperte so sehr die Vorzüge einer Aristokratin, daß es einem schwerfiel, sich daran zu erinnern, daß sie nur einen Aristokraten geheiratet hatte.

Aber es stimmte: Margaret hatte ihre Mädchenzeit in einer kleinen Stadt zwischen den Bayous verbracht, und erst als der junge Gaylord Chisholm in einem Herbst auf die Jagd ging, sah er das wunderhübsche Mädchen, das dann die Herrin der Chisholm-Familie wurde und die strahlende Königin in dem Kreis, in dem sie sich nun bewegte.

Ihr ganzes Leben lang war Margaret Chisholm einem gebieterischen Machthunger gefolgt. Um nach Macht zu greifen, war sie aus den Bayous gekommen, und jetzt, nach zwanzig Jahren, war sie sich ihrer Sache völlig sicher. Tim schaute sie an. Schließlich stand er auf, lehnte sich an die Radio-Truhe und schien offensichtlich der Musik zu lauschen. Jason Osgood ging an ihm vorüber, um sich die Streichhölzer von dem Ecktisch zu holen. Die scharfsinnige Strenge in Tims Augen hielt ihn auf.

»Hallo, Jason«, sagte Tim.

Osgood drehte sich um.

»Dies ist seit langer Zeit die erste Gelegenheit, da wir einander an einem Ort treffen, an dem es die guten Sitten erfordern, daß wir uns nicht beschimpfen, Jason.«

Osgood zuckte mit den Schultern.

»Sie haben keinen Grund mehr, mich zu beschimpfen«, sagte er. »Jetzt nicht mehr, nachdem Sie und Ihr süßer kleiner Winkeladvokat Cosgrave ins Rennen um den Posten des Bürgermeisters gebracht haben.«

»Wir wollen nicht von Sylvia sprechen«, sagte Tim schroff. »Ich wollte gerade andeuten, daß Sie mir gegenüber freundliche Gefühle hegen müßten, nachdem Sie und Margaret meine Tochter so elegant beleidigt haben.«

Osgood schaute ihn scharf an und sagte nichts.

»Ich glaube, ich brauche Ihnen nicht erst zu sagen, daß ich nicht hergekommen wäre, wenn ich gewußt hätte, daß Sie heute hier sind«, sagte Tim langsam.

»Ich glaube Ihnen. Ich denke mir, daß Sie ebensowenig Vergnügen an meiner Unterhaltung haben wie ich an Ihrer. Unglücklicherweise kann keiner von uns beiden das Fest mit einer angemessenen Begründung verlassen.«

Osgood ging zu dem Tisch weiter, auf dem die Streichhölzer lagen. Tim wandte sich ab und betrachtete die Porzellanfigur eines Schlittschuhläufers auf einem Schränkchen in seiner Nähe.

Die Musik aus dem Radio schwoll in einem berauschenden Crescendo an.

»Wie wunderschön das ist«, murmelte Jean wie im Selbstgespräch. Sie saß allein auf einem breiten Sofa und lauschte.

»Gefällt es Ihnen wirklich so gut?« fragte eine Stimme an ihrer Seite.

Sie schaute auf.

»Guten Abend, Peter«, sagte sie kalt.

Peter Daly stand da und schaute auf sie herab.

»Ich werde nicht bleiben und Sie belästigen«, sagte er mit einem schiefen, bitteren Lächeln. »Ich wollte Ihnen nur versichern, daß ich nichts von Ihrer Anwesenheit hier wußte, als ich herkam. Wenn ich es gewußt hätte, wäre ich zu Hause geblieben.«

Jean krampfte die Hände auf den Knien ineinander, bis die Knöchel weiß schimmerten.

»Ist das alles, was Sie zu sagen haben?"

»Ja.«

»Würde es Ihnen dann etwas ausmachen, wenn Sie bitte mit jemand anderem sprächen?«

»Durchaus nicht. Schauen Sie mich nicht so an, als hätten Sie Furcht vor mir! Es ist so lange her, seit ich mit Ihnen in demselben Zimmer saß, daß ich dachte ...«

»Ich weiß, wie man sich zu benehmen hat«, sagte sie ruhig. »Dies ist eine Party, wie Sie wohl wissen dürften.«

»So ist es«, stimmte Peter zu und ging davon.

Jean schob das Gewirr ihrer kurzen dunklen Locken zurück und erschauerte. Sie fühlte eine Hand auf ihrer Schulter, und als sie aufsah, sah sie Sylvia.

»Darf ich mich setzen, Jean?«

»Aber natürlich. Wie gut Sie aussehen, Sylvia! Seit meiner Rückkehr habe ich noch keine Möglichkeit gehabt, mit Ihnen zu sprechen.«

»Nein. Ich möchte gern wissen, ob Sie mir gestatten, über etwas zu sprechen, was mich eigentlich gar nichts angeht.«

»Es ist in Ordnung. Was ist es?«

»Peter.«

»Sylvia, ich dachte, Sie wären über so etwas erhaben.«

»Was meinen Sie damit?«

»Ich weiß, daß Sie sein Anwalt sind. Aber ich dachte nicht, daß Sie eine Party dazu ausnützen würden, mich auf Ihre Seite zu ziehen.«

»Ich würde so etwas nicht tun, Jean. Ich versuche nicht, Sie auf meine Seite zu ziehen. Ich wollte Ihnen nur folgendes sagen: Sie sind zu einer Party gekommen, und Peter hat das gleiche getan. Keiner von Ihnen konnte wissen, daß der andere hier ist. Wollen Sie nicht aufhören, sich wie eine Wilde zu benehmen?«

Jean mußte unwillkürlich lächeln.

»Sylvia, als Rechtsanwältin verabscheue ich Sie, aber als Menschen habe ich Sie außerordentlich gern.«

»Sie sind ein liebes Kind, Jean, aber Sie sind hart.«

»Härter als Sie, nehme ich an.«

»Das weiß ich nicht. Aber es wirkt so widerspruchsvoll an Ihnen.«

»Wie alt sind Sie, Sylvia?« fragte Jean unvermittelt.

»Werden Sie es nicht weitererzählen?«

»Ehrenwort.«

»Vierunddreißig.«

»Sylvia, Sie sind zu bewundern.«

»Gewiß, meine Liebe. Das ist mein Geschäft. Wenn ich nicht bewunderungswürdig wäre, könnte ich meine Miete nicht zahlen.«

Jean lachte, und Sylvia stand auf.

»Ich muß gehen. Seien Sie höflich zu Dr. Reid! Denken Sie daran, daß Sie eine Dame sind, meine Liebe!«

Die Schiebetüren gegenüber dem Radio öffneten sich geräuschlos, und Hawkins verkündete, daß das Essen angerichtet sei. Wenn die Schiebetüren ganz geöffnet waren, wurde das Eßzimmer mit dem Raum, den sie eben verlassen hatten, zu einem Ganzen, und das Radio war vom Eßtisch aus gut zu sehen. Es war ein runder Tisch, auf dem Tischkarten so geschickt arrangiert waren, daß Tim zwischen Sylvia und Peter auf der einen, und Margaret auf der anderen Seite zwischen Osgood und Dr. Reid saß.

Die Musik aus dem Radio erfüllte den Raum, aber sie war so gedämpft, daß sie die Gespräche nicht stören konnte. Als sie durch die geöffneten Schiebetüren schritten, fand sich Hank plötzlich an der Seite von Dr. Reid.

»Ich habe Sie einige Zeit nicht mehr gesehen, Dr. Reid«, sagte er.

»Nein.«

»Ich wäre wahrscheinlich nicht gekommen, wenn ich gewußt hätte, daß Sie hier sein würden«, fügte Hank ruhig hinzu.

»Nein?«

Hank lächelte matt.

»Sie mißbilligen mich so grundsätzlich.«

»Ist es notwendig, daß wir diese Angelegenheit hier besprechen?«

»Durchaus nicht«, sagte Hank fröhlich. »Wenn Sie die Situation nicht verlegen macht — bei mir ist es bestimmt nicht der Fall.«

Sie gingen mit den anderen ins Eßzimmer hinüber. Hank fand seine Tischkarte zwischen Jeans und Sylvias Platz, und Dr. Reid mußte sich zwischen Margaret und Jean sitzen. Bevor sie sich setzten, reichte Hawkins weitere Cocktails herum.

Peter hob sein Glas.

Im Innenhof war plötzlich das Klatschen von Regentropfen zu hören. Eine scharfe Bö des Frühlingswindes bewegte die schwarzen Vorhänge mit den Silberornamenten.

»Ein angenehmer Abend, den er da für seine Party ausgesucht hat«, bemerkte Peter. »Schließen Sie bitte die Fenster, Hawkins. Ich nehme an, daß wir zuerst auf unseren unschätzbaren Gastgeber trinken und uns dann zum Essen niedersetzen werden. Er scheint für sich selbst keinen Platz reserviert zu haben.«

Alle tranken — außer Sylvia, die stand da und betrachtete neugierig das Glas in ihrer Hand.

Ein Blitzstrahl durchschnitt den schwarzen Himmel draußen.

»Ist es nicht seltsam, daß all diese Gläser blutrot sein müssen?« sagte sie langsam.

3

»Verdammt seltsam«, sagte Hank. »Aber alles hier ist seltsam.«

Sylvia zuckte mit den Schultern.

»Also dann, auf unseren Gastgeber.«

Sie setzten sich ziemlich steif nieder. Ein weiterer Blitzschlag zerriß draußen den Himmel und ließ Lichtfunken auf den blutroten Gläsern aufflammen.

»Ist es Ihnen noch nicht in den Sinn gekommen, daß dieser unbekannte Gastgeber einer von uns sein könnte?« fragte Sylvia und schaute nachdenklich auf eine schwarze Olive in ihren Fingern.

Der Regen trommelte auf das Dach. Das Geräusch klang besonders laut in das Schweigen hinein, das ihrer Frage folgte. Sie hörten eine Palme im Winde ächzen. Ein Palmwedel tappte geisterhaft an die Fensterscheibe.

»Sie ist wirklich ein guter Anwalt«, sagte Hank bewundernd. »Ich muß zugeben, daß ich nicht auf diese Idee gekommen bin.«

»Aber wie sollte es einer von uns sein?« fragte Margaret. »Wir haben alle Telegramme bekommen, die uns hierher eingeladen haben.«

»Wir haben alle *gesagt,* daß es so ist«, verbesserte sie Sylvia. »Aber einer von uns könnte Telegramme an die sieben anderen und auch an sich selbst gesandt haben. Das ist eine verwirrende Möglichkeit.«

»Ich fange an, jeden zu verdächtigen«, sagte Tim. »Ich weiß jedenfalls, daß ich ein Telegramm bekommen habe. Und ich dachte, es sei von Hank.«

»Ich dachte, meines stamme von Jean«, sagte Hank.

»Es beginnt wie ein Geheimnis auszusehen«, sagte

Osgood. »Haben Sie sich diese Party ausgedacht, Margaret?«

»Ich habe Ihnen schon ein dutzendmal gesagt, daß die Idee nicht von mir stammt. Ich wünschte, sie wäre von mir.«

»Mir scheint es die Art von Party zu sein, die sich eine Frau ausdenken würde«, sagte Dr. Reid.

»Vielleicht«, sagte Osgood.

»Ich persönlich stehe auf dem Standpunkt, daß — wenn überhaupt einer von uns für die Party verantwortlich ist — es Sylvia sein müßte«, sagte Hank. »Das Ganze hat etwas Machiavellihaftes an sich.«

»Aber ich bin nicht der Machiavelli dieses Abends«, sagte Sylvia ein wenig spitz.

»Würden Sie es denn zugeben, wenn Sie es wären?« fragte Dr. Reid.

»Jedenfalls nicht, wenn ich geplant hätte, es später als Überraschung für alle bekanntzugeben. Ich verstehe, was Sie meinen. Wenn es einer von uns ist, dann verheimlicht er es sehr schlau.«

»Dann müssen Sie es sein«, sagte Peter. »Sie haben Geschick für so etwas.«

Sylvia lachte und schüttelte den Kopf.

»Es ist nicht meine Party«, versicherte sie ihm ruhig. »Meine Köchin ist nicht so erfolgreich mit Austern à la Rockefeller.«

Keiner hatte je die eisige, irisierende Seifenblase von Sylvias Persönlichkeit durchstochen.

»Sie sind die einzige mir bekannte Frau, bei der ich sicher bin, daß sie keine hysterischen Mitternachtsstunden in ihrer Vergangenheit gehabt hat«, sagte Peter Daly.

»Das ist ein nichtssagendes Kompliment«, sagte sie trocken.

Jean schaute mit einem gewissen Neid auf Sylvia. Die unbeirrbare Haltung dieser Frau verwirrte sie mitunter. Sie fragte sich, ob überhaupt irgend etwas auf der Welt

Sylvia aus dem Gleichgewicht bringen konnte. Ihre Begabung als Anwältin äußerte sich nie im wilden Feuerwerk der Rede, sondern lag in einer stetig glühenden Kraft, die ihre Probleme im Licht einer erstaunlichen Gelehrsamkeit entwirrte — in einem ätzenden Intellekt, der die Selbstsicherheit ihrer Widersacher zerstörte.

»Sie sind eines von den wenigen weiblichen Geschöpfen, das keine Minderwertigkeitskomplexe hat«, sagte Peter. »Dr. Adler würde Sie bewundern.«

Sylvia lächelte ihr berühmtes kühles Lächeln und antwortete nicht. Die Bedienerin brachte den Fisch herein. Sie begann von Margarets Platz aus zu servieren, als hätte sie erkannt, daß Mrs. Chisholm sogar hier gewissermaßen Gastgeberin war.

»Ich beneide Sylvia«, sagte Jean zu Hank. »Man kann sicher sein, daß sie sich nicht aufregen würde, selbst wenn an der nächsten Ecke ein möglicher Gral gefunden würde.«

»Ist das Ihre geheime Sorge?« fragte Hank. »Jagen Sie immer einem Gral nach?«

Sie lächelte.

»Muß ich Sie erst daran erinnern, daß keine Frau ihren Weg zu flimmerndem Ruhm entlangstürmen kann, ohne dabei ihre Illusion zu verlieren?«

»Jeder, der Sie anschaut, würde das wahrscheinlich vergessen.«

»Das ist eines von den Dingen, für die ich bezahlt werde.«

»Sprechen Sie nicht so«, sagte Sylvia. »Das klingt grausam — als hätte man diesen Pompano mit einem Haken statt in einem goldenen Korb gefangen.«

Sie lachten alle, und einige Minuten flackerte die Konversation wie eine Kerzenflamme in der Brise.

»Jedenfalls hat uns unser Gastgeber ein Abenteuer geschenkt, über das wir noch sprechen werden, wenn wir alt sind«, sagte Peter plötzlich.

»Es beginnt jedenfalls wie ein Abenteuer auszusehen«, sagte Osgood. »Dieses geheimnisvolle Abendessen — der Regen, der draußen niederprasselt, und Hawkins, der hier drinnen umherschleicht. Es ist so, wie Sie sagen: wir werden wahrscheinlich unserem Gastgeber für eine erregende Erinnerung danken, wenn wir alt sind.«

»Wenn ich alt bin, werde ich mit Pfefferminzen in meiner Tasche in einer Ecke sitzen und alle Kinder der Umgebung beschenken«, sagte Margaret.

»Stellen Sie sich Margaret mit einer Tasche voller Pfefferminze vor«, sagte Peter grinsend. »Sprechen Sie nicht vom Altwerden! Ich will nicht alt werden.«

»Es ist herzzerbrechend, über das Alter nachzudenken«, stimmte Tim zu. »Ich fürchte mich vor dem Altwerden.«

Peter erschauerte fast.

»Wer möchte schon alt werden — zusammengekauert in einem Lehnstuhl sitzen, sich an die verwitterte, trockene Lebensschnur klammern und fühlen, wie sie einem langsam aus den Händen gezogen wird.«

»So ist es«, sagte Hank. »Bis am Ende der Tod, die große Reinemachefrau, die letzten verstaubten Überreste in den Mülleimer kehrt.«

»Oh, seien Sie still, Hank!« rief Sylvia aus. »Sie sprechen wie ein magenkranker Geistlicher.«

»Donner und Blitz hinter der Bühne«, sagte Tim quälerisch. »Geheimnis und Kerzenlicht im Hintergrund — wann werden wir acht uns wiedersehen? Wenn wir alt sind? Keiner von uns wird sehr hübsch sein, wenn wir alt sind. Stellen Sie sich vor, Jean, sogar Sie werden wie eine von Macbeths Hexen aussehen, falls Sie lange genug leben.«

»Still«, sagte Jean.

»Das ist das Schlimme am Altwerden«, sagte Peter gedankenvoll. »Wacklige Knie und wäßrige Augen — in ein Grab hineinwankend, das man sich nicht gewünscht hat und vor dem man sich fürchtet.«

»Aber trotz alledem leidenschaftlich an dem verrotteten Lebensfaden hängend«, sagte Hank. »Ist das nicht seltsam?«

»Ich glaube, es liegt daran, daß keiner unter uns ist, trotz unserer lauten Glaubensbekenntnisse — der das völlige Auslöschen nicht fürchtet und halbwegs erwartet«, sagte Dr. Reid.

»Und das ist so ein Schock für unsere Selbstwertschätzung, daß wir uns weigern, darüber nachzudenken. Keinem von uns gefällt der Gedanke, daß die Welt recht gut auch ohne uns auskommen könnte.«

»Aber sie kommt ohne uns aus«, sagte Tim mit einem Grinsen. »Sogar ohne Sie, Sylvia.«

»Vielleicht sollten wir uns entschließen, jung zu sterben, wenn wir schlau wären«, murmelte Jean. »Das würde uns das Altwerden ersparen.«

»Nicht unbedingt jung«, sagte Tim. »Aber wenn man — wie alt würden Sie sagen?«

»Auf der Höhe der Lebenserfahrung?« schlug Sylvia vor.

»Ja. Bevor man Zeit hat, in jener schrecklichen Art dahinzusiechen, die Peter vorausgesagt hat.«

»Ein Mann sollte auf dem Gipfel seines Erfolges sterben«, sagte Peter, »wie Lincoln und Rudolph Valentino. Dann müßte er die Qual nicht kennenlernen, lebend in einem Zeitalter begraben zu sein, dessen Verwirrung ihn nichts mehr angeht. Jeder von uns hier, würde ich sagen, ist reif zum Sterben.«

»Still!« rief Margaret. »Sie sind grausam.«

»Aber er hat recht«, sagte Hank. »Jeder von uns, der heute nacht sterben würde, hinterließe eine freundliche Erinnerung. Wer könnte sagen, was für eine Erinnerung er hinterläßt, wenn er wartet?«

»Aber Sie sind schrecklich!« rief Jean aus. »Ihr alle seid schrecklich! Ich will nicht sterben. Warum sollten wir jetzt sterben?«

Ein goldener Blitzstrahl zuckte auf, und das Grollen des Donners endete in einem Krachen. Sie erschauerte.

Dr. Reid schaute auf.

»Um davor bewahrt zu werden, jenes quälende Gefühl der Enttäuschung am Lebensende spüren zu müssen.«

»Er hat recht«, sagte Peter gedankenvoll. »Jeder von uns könnte heute nacht ehrenvoll sterben. Wir sind vollzählig.« Er zuckte mit den Schultern.

»Um Himmels willen«, fragte Osgood plötzlich, »wer hat den Tod als Thema für dieses Abendessen gewählt?«

Margaret schaute mit einem langsamen Lächeln auf.

»Wahrscheinlich ist die Situation, in der wir uns befinden, daran schuld«, sagte sie. »Wir sind hier zu einer Party ohne Gastgeber versammelt, und natürlich fragt sich jeder von uns, warum er eingeladen worden ist. Er durchforscht sein Inneres und versucht, einen Grund zu finden, und dann versucht er, die anderen Gäste, einen nach dem anderen, auszuforschen. Natürlich ist man unter solchen Umständen befangen. Ich habe den ganzen Abend über geforscht.«

»Ich auch«, gab Jean zu. »Ich habe mich am Tisch umgeschaut und herauszufinden versucht, wer von Ihnen diese verrückte Party geben mag und weshalb man mich wohl eingeladen hat. Ich habe mir auch überlegt, ob ich bleiben soll und was der Anlaß für das Ganze sein mag.«

»Warum meinen Sie, daß einer von uns die Party gibt?« fragte Hank. »Ich hatte das gleiche Gefühl — halb aufregend und halb unheimlich. Aber bei mir war es mit den Gedanken verbunden, daß doch ein Fremder uns die Party gäbe. Ich erwarte jeden Augenblick, daß er hereinkommt, jedesmal, wenn einer von den Dienstboten die Tür öffnet, zucke ich zusammen.«

»Ich fühle mich wie ein Gefangener, der auf das Urteil wartet«, sagte Tim lachend.

»Aber warum? Es ist ein Party«, begann Jean, und dann fügte sie offen hinzu: »Ich weiß, was Sie meinen. Es ist die Atmosphäre des Geheimnisvollen, die über allem liegt. Jene seltsamen Telegramme — eine Wohnung, die keiner von uns je zuvor betreten hat — die unbekannten Dienstboten eines unbekannten Brotherrn ...« Sie zögerte, als Hawkins eintrat.

Er hatte das Servieren der Wachteln beaufsichtigt und wischte jetzt die erste Flasche Champagner ab, um sie Jason Osgood zur Prüfung der Temperatur hinzureichen.

»Roederer«, sagte Osgood anerkennend, »und Schwarzsiegel noch dazu. Ihr Chef ist ein Weinkenner, Hawkins.«

»Jawohl, Sir«, sagte Hawkins zustimmend.

Sie warteten, bis er gegangen war. Dann sprach Sylvia, und ihre Augen waren auf das klingende Glas gerichtet, das sie hielt.

»Es ist eine merkwürdige Angelegenheit — das alles hier — dieser bizarre Rahmen für eine Abendgesellschaft und das Gefühl der Erwartung, von dem Hank gesprochen hat.«

»Da ist noch ein eigentümliches Element, das keiner von uns erwähnt hat«, sagte Tim Slamon mit seiner rauhen Stimme. »Und dennoch ist gerade das die offensichtlich seltsamste Eigentümlichkeit dieser Zusammenkunft.«

Die bezwingende Überzeugungskraft des beliebtesten öffentlichen Sprechers in der Stadt lenkte die Aufmerksamkeit der Gäste auf ihn wie auf einen festen und starken Brennpunkt.

»Was meinen Sie, Tim?« fragte Jason Osgood, und dabei sah er so aus, als kenne er bereits die Antwort auf seine Frage und fürchte sich davor, sie zu hören. »Ich meine diesen unbegreiflichen Sinn für Gastfreundschaft, der dazu geführt hat, daß wir acht hier zu einem harmlosen geselligen Beisammensein eingeladen wurden. Es ist sicherlich nicht höflich von mir, nehme ich an, aber ab und zu muß ich den Drang unterdrücken, aus meiner qualvoll aufrechterhaltenen Vornehmheit auszubrechen und einige Tatsachen auszusprechen. Ich kann nicht begreifen, warum jemand, dessen einziges Ziel es war, eine heitere Gesellschaft zu geben, uns zusammenwerfen und befehlen konnte, fröhlich zu sein. Wir sind bisher alle sehr freundlich und unterhaltsam gewesen, aber haben Sie nicht — wie es bei mir der Fall war — eine Unterströmung von Feindseligkeit gespürt? Jeder von uns ist heimlich vor einem der anderen zurückgewichen, weil er eine besondere Absicht in dessen Anwesenheit gefürchtet hat. Es ist schwer zu erklären, aber ist das nicht die am schlechtesten zusammengestellte Gruppe, in die Sie je geraten sind!«

Er schaute am Tisch herum. Die Gäste beugten sich vor und lauschten aufmerksam — wie Menschen, die Dinge hören, die ihnen bekannt sind, aber nie zum Bewußtsein gekommen waren. Peter zündete ein Streichholz an. Das kratzende Geräusch war laut gegen die leise Musik aus dem Hintergrund.

»In diesem Raum sind acht Menschen versammelt«, fuhr Tim fort. »Ich möchte sagen, wir sind acht charmante Leute. Aber uns dazu zu bringen, gesellige Vereinbarkeit vorzutäuschen ...«

Er hielt inne, und wieder füllte die leise Musik das Schweigen.

»Jeder von uns weiß, daß jemand mit an diesem Tisch sitzt, mit dem er ganz bestimmt nicht einmal tot zusammen gefunden werden möchte«, sagte Tim bestimmt.

Die Zigarette in Margaret Chisholms langen weißen Fingern zitterte einen Moment.

»Warum meinen Sie also, daß wir zusammen hier eingeladen worden sind?« fragte Tim abschließend. Sie schauten ihn unbehaglich an. Die Luft schien mit einem Male schwerer zu sein, als wäre sie mit Rauch gefüllt. Margaret schaute auf ihren kaum berührten Camembert, nippte an ihrem Champagner und setzte das Glas ab.

»Das ist eben die verdrehte Vorstellung, die irgendeiner von einer glänzenden Idee hat«, sagte Hank wie mit erzwungener Leichtigkeit.

»Sollen wir uns die Musik im anderen Zimmer anhören?« fragte Margaret.

Sie folgten ihr; aber sie waren alle unruhig, und es lag eine Atmosphäre von unbehaglicher Erwartung in dem Raum. Peter stützte einen Ellbogen auf die Radiotruhe und rauchte gedankenvoll. Hank schlenderte umher und betrachtete einzelne Nippes-Stücke. Jean saß am Rand des Sofas in der Nähe des Radios und lauschte abwesend auf die Musik. Dr. Reid wirkte, wie gewöhnlich, unberührt. Wie er sich ruhig in seinem Stuhl zurücklehnte, sah er genauso aus, als wenn er in gelassener Selbstsicherheit an seinem Pult säße. Margaret, die dem Befehl ihres gesellschaftlichen Gewissens folgte, unterhielt sich leise mit Jason Osgood. Margaret war gar nicht hoch genug einzuschätzen auf einer Party. Sie hatte eine geniale Begabung dafür, jenes stagnierende Schweigen zu vermeiden, das der Schrecken jeder Gastgeberin ist. Aber sie konnte das vorherrschende Gefühl der Spannung nicht völlig ignorieren. Die Musik schwoll zu einem strahlenden Crescendo an und hörte auf.

Diese Unterbrechung schien sie alle zu beunruhigen. Jean stand plötzlich auf, und ein erschreckender Ausdruck war in ihren Augen. In den malvenfarbigen Draperien ihres Kleides sah sie in diesem Augenblick geisterhaft bleich und durchscheinend aus.

»Mir gefällt diese Party nicht«, sagte sie. »Ich gehe heim.«

»Aber, Jean, meine Liebe!« rief Margaret aus. »Das tut mir so leid.«

Sylvia durchquerte den Raum, ergriff Jeans Hände und lachte ihr zu.

»Seien Sie nicht töricht«, sagte sie. »Ich möchte die Party um keinen Preis missen. Wenn Sie jetzt fortgehen, werden wir Ihnen niemals, niemals sagen, wer der Gastgeber war, falls wir es herausfinden. So ist es.«

»Aber es ist etwas Unwirkliches an all dem«, sagte Jean stammelnd.

»Das amüsiert mich gerade«, erklärte Tim. »Ich würde nicht gehen.«

»Ich bin gespannt«, sagte Hank. »Ich hätte Angst, viel zu versäumen, wenn ich jetzt ginge. Hawkins hat gesagt, wir würden später am Abend von unserem Gastgeber hören.«

»Wie wäre es, wenn wir nach Hawkins läuteten«, schlug Dr. Reid vor. »Wir könnten ihn fragen, wie lange wir noch im Unklaren gehalten werden sollen. An Ihrer Stelle, Jean, würde ich nicht gehen. Es wird interessant sein, die Sache bis zu Ende mitzuerleben.«

»Läuten wir nach Hawkins«, drängte Peter.

»Schaut, er hat den Eßtisch weggeschafft«, sagte Jean in diesem Augenblick.

Sie schauten alle in das Speisezimmer hinüber. Der Tisch war entfernt worden, und an seiner Stelle stand ein niedriges Gestell, auf dem ein elektrischer Kaffeefilter stand und eine Dampfwolke auf einen Glaskolben und einen schwarzen Glasbehälter blies. Der Glasbehälter ruhte in einer Silberschale, die wiederum in einer Schüssel mit Alkohol stand. Die Gewürze waren für das Überbrühen bereit, und ein schwerer silberner Schöpflöffel lag neben einer versilberten dünnen Kerze in einem schwarzen Glaskerzenhalter auf einer Seite.

»*Café brulé!*« rief Hank aus. »Du meine Güte, dieser Gastgeber hat aber auch wirklich nichts vergessen. Wir werden nach ihm fragen, wenn dies getan ist.«

»Ausgezeichnet!« rief Sylvia. »Wollen Sie uns die Ehre erweisen, Hank?«

»Ich bin gerade dabei«, sagte er und ging ins Eßzimmer.

Mit Tims Hilfe brachte er das Gestell in das Vorderzimmer.

»Hier sind wir.«

Er goß den Rum in die Schale. Es war eine sehr große Terrine aus durchsichtigem, schwarzem Glas, mit einem dünnen Silberstreifen um den Rand herum. Tim zündete die silberne Kerze an und trat zurück.

»Dies ist ganz entzückend«, murmelte Margaret wie im Selbstgespräch.

»Alles bereit!« rief Hank. »Licht aus! Ich glaube, der Lichtschalter ist dort drüben bei der Tür, wenn ich mich nicht irre.«

Peter stand auf und drehte den Schalter. Als der Raum in Dunkelheit gehüllt war, führte Hank die Kerzenflamme an den Alkohol. Ein Kreis von blauen Flammen zuckte in der Schwärze auf. Die Flammen umhüllten in einem wallenden, flackernden Ring die Glasschale; sie stiegen an und leckten über den Rand, bis sie die Oberfläche des Rums berührten. Dann lief ein dünner blauer Feuerschleier über die Flüssigkeit. Der Schleier zerriß, als Hank den Kaffee hineinschüttete. Der Rum flackerte hell auf, und für einen Augenblick waren die Gesichter von einem magisch grünen Schein erhellt.

»Meine Damen und Herren«, sagte plötzlich eine Stimme aus der Dunkelheit.

Die Gäste erschraken.

Es war eine seltsam tonlos klingende Stimme, die die Silben deutlich und mit gewisser Vornehmheit aussprach. Ihr Klang wurde noch bedeutungsvoller, weil er aus der Dunkelheit kam und den vom leisen Flackern der Alkoholflamme erhellten Raum mit ihrer eigentümlichen Präzision erfüllte.

»Hier spricht die Station GEIST. Ich hoffe, Sie haben Freude am ersten Teil der Abendunterhaltung gefunden. Meine Damen und Herren, Sie hören hier die Stimme Ihres Gastgebers.«

4

Die Gäste fuhren von dem Flammenring zurück, als wäre er explodiert und hätte sie mit glühenden Tropfen getroffen. Jean stieß einen spitzen kleinen Schrei aus, und der gläserne Kerzenhalter klirrte in Hanks Hand, als er ihn auf das Gestell setzte.

Einen Augenblick standen alle wie erstarrt, dann schnitt Sylvias Stimme wie eine Stahlklinge durch die Dunkelheit.

»Macht das Licht an!«

»Die Stimme kam aus dem Radio!« rief Hank aus, als Peter den Schalter drehte.

»Aus dem Radio — das stimmt!« wiederholte Osgood. »Aber wie ...«

Der *Café brulé* sah im Schein der Glühbirnen sehr merkwürdig aus. Das sanfte Zischen der Alkoholflamme wurde übertönt von dem erregten Durcheinander vieler Stimmen.

»Das war schlau ersonnen!« sagte Margaret. »Er ist ein Genie.«

»So stelle ich mir einen aufgeweckten jungen Mann vor«, sagte Osgood.

»Einen Mann?« sagte Hank, während er den *Café brulé* servierte. »Mir kam es so vor, als hätte es wie eine Frauenstimme geklungen. Was meinen Sie dazu, Jean?«

Sie zuckte mit den Schultern.

»Es hätte eine Frauenstimme sein können«, sagte sie. »Aber der Klang hatte keine Ähnlichkeit mit irgendeiner Stimme, die ich je gehört habe.«

»Die Stimme hat mich so erschreckt«, murmelte Sylvia. Sie kostete ihren Kaffee und nickte beifällig. »Der Kaffee ist jedenfalls gut. Aber diese Stimme war so unheimlich, daß ich nicht darauf geachtet habe, ob es eine Frauen- oder eine Männerstimme war. Wahrscheinlich wird er in einer Minute wieder sprechen. Dann können wir mehr über ihn erfahren — oder über sie, falls es eine ›Sie‹ ist.«

»Ich möchte wissen, wer es ist«, sagte Dr. Reid. »Ob er sich vielleicht eine von den örtlichen Stationen nach Programmschluß gemietet hat?«

»Wahrscheinlich hat er irgendwo seine eigene kleine Station aufgebaut und sie auf diesen Apparat eingestimmt«, deutete Tim an.

Sie lachten alle. Die strahlende Persönlichkeit Tims verlieh seinen einfachsten Feststellungen eine besondere Bedeutung.

»Aber keiner hat die Skalenknöpfe berührt, seit Hawkins die Station WSMB eingestellt hat«, sagte Margaret. »Es muß dieselbe Wellenlänge sein.«

»Ich werde Hawkins rufen und ihn fragen«, bot Peter an und zog an der Klingelschnur.

Zur gleichen Zeit ertönte ein Knacken aus dem Radio zu seiner Linken.

»Meine Damen und Herren«, sagte die Stimme des Gastgebers in seiner langsamen, deutlichen und tonlosen Sprechweise.

Die acht Gäste zuckten förmlich zusammen vor Aufmerksamkeit.

»Ich habe eine Idee!« rief Peter. »Es ist einer von uns — ein Bauchredner.«

»Warten Sie«, sagte Sylvia ungeduldig. »Hören Sie jetzt zu!«

»Man hat Ihnen versprochen«, sagte die Stimme, »daß Sie heute abend auf der originellsten Party unterhalten werden, die je in New Orleans gegeben wurde. Ich will jetzt dieses Versprechen erfüllen und beginne damit, daß ich Ihnen die Art dieser Abendunterhaltung erkläre.«

Die Stimme machte eine Pause.

»Ist das nicht wirklich ein großer Spaß?« sagte Sylvia.

»Heute abend werden wir ein amüsantes Spiel spielen, meine Gäste«, fuhr die Stimme fort. »Ein Spiel, das Ihre acht Gehirne erfreulich anregend finden werden. Nach meiner Meinung repräsentieren Sie, meine Gäste, die geistige Elite der Stadt. Sie sind erfolgreich, Sie sind geistreich und von hoher Kultur. Heute abend, meine Freunde, werden Sie diese Ihre geistigen Fähigkeiten in einer Art herausgefordert sehen, wie es nie zuvor geschehen ist. Sie stehen am Beginn des anregendsten Abends, den Sie je erlebt haben.«

»Das ist prächtig!« rief Jean.

»Wenigstens habe ich jemand gefunden, der mich wirklich schätzt«, sagte Hank.

»St!« zischte Osgood.

»Meine Damen und Herren, Sie müssen doch jene Geselligkeit satt haben, bei denen Sie nichts als das sanfte Geklingel eleganter Schaumschlägerei hören. Die ideale Unterhaltung wäre eine sofortige Bereicherung und eine schöpferische Herausforderung. Es ist absurd, daß man zuerst die Geisteshaltung eines Gemüseverkäufers annehmen soll, bevor man sich mit ihm unterhalten kann. Man hat das Recht, die Unterhaltung, die einem geboten wird, mit kritischer Neugier zu betrachten. Deshalb, meine Freunde, lade ich Sie heute abend ein, ein Spiel mit mir zu spielen, in dem Sie Ihre vereinten Geisteskräfte zu angemessenen Einsätzen gegen meine ausspielen können. Ich warne Sie jedoch. Es ist lange Zeit meine Überzeugung gewesen, daß ich die glänzendsten Geister unserer Stadt übertrumpfen könnte, und heute abend werde ich mir große Mühe geben, es mir und Ihnen zu beweisen. Denn heute nacht, meine Damen und Herren, wird Ihnen anbefohlen, ein alles überragendes Spiel zu spielen: ein Spiel mit dem Tod.«

Die Gäste zuckten zusammen. Margaret stieß ein leises

Keuchen aus, und Peter sprang mit einem unterdrückten Fluch auf.

»Habe ich ihn richtig verstanden?« fragte Dr. Reid heiser. »Sagte er *Tod?*«

»Das ist mir ein höllischer Spaß«, murmelte Tim. Er schaute Jean an, die erschüttert aussah.

»Die Station GEIST spricht hier«, fuhr die Stimme ruhig fort. »Dieses Spiel, meine Freunde, ist nicht eines des Abschlachtens, sondern der Geschicklichkeit. Sie sind sorgfältig ausgewählt worden, denn nur Männer und Frauen mit Ihrer außergewöhnlichen geistigen Wendigkeit können würdige Gegner sein. Bis zur Morgendämmerung geht es nicht um Geld, nicht um Macht oder Ansehen, sondern nur um Geist — Ihr Geist gegen meinen. Falls ich siegen sollte, habe ich den Vorzug, Sie darüber zu informieren, daß Sie alle tot sein werden — vor dem Morgen.«

Margaret stieß einen leisen Schrei aus, und Jeans Hand griff an ihre Kehle, als fühle sie sich erstickt. Die anderen schauten einander so stumpfsinnig an, als wären sie unfähig, den Sinn der Worte zu erfassen. Osgood zuckte schließlich mit den Schultern und schenkte sich ein Glas Kognak ein.

»Ein erschreckender Bursche, nicht wahr?« sagte er. »Ich frage mich nur, ob er sich einbildet, daß wir Furcht haben.«

»Es sieht so aus, als ob wir tatsächlich Furcht hätten«, sagte Sylvia mit einem grimmigen Lächeln.

»Eine ziemlich grausige Unterhaltung«, sagte Tim unbehaglich.

»Hier spricht die Station GEIST«, ertönte wieder die Stimme.

Die Gäste wandten den Kopf, um zu lauschen. Sylvia zündete mit geübter Sorgfalt eine Zigarette an und blies eine kleine Rauchsäule in die Luft.

»Einige von Ihnen scheinen meinen Vorschlag zu verlachen.« Die Worte schienen aus dem Radio herauszumarschieren, so sorgfältig waren sie voneinander abgesetzt. »Ich rate Ihnen dringend, das Spiel ernst zu nehmen. Achten Sie auf die Regeln, und versuchen Sie zu gewinnen. Es ist durchaus möglich, daß Ihre Leichtfertigkeit Sie ins Unglück führt. Es ist nur sportliche Fairneß, Sie zu warnen, daß die Verletzung irgendeiner Regel die sofortige Niederlage des Übertreters zur Folge hat. Niederlage, das bedeutet natürlich Auslöschung.«

Die Gäste erstarrten vor Furcht. Plötzlich sprang Hank auf.

»Gehen wir doch auf diesen Clown los!« rief er. »Mir gefällt seine Handlungsweise nicht.«

»Ja«, sagte Margaret zustimmend. »Gehen wir auf den Kerl los.«

Jean stand hastig auf. »Gehen wir.«

»Wo ist Hawkins?« fragte Osgood plötzlich. »Er hat auf Peters Läuten nicht geantwortet.«

»Meine Freunde ...«, unterbrach sie die Stimme, und der Klang bannte sie in furchtsamer Faszination. »Es schmerzt mich, daß Sie schon vor der ersten Runde des Spiels davonlaufen wollen.«

»Er hört uns!« rief Jean.

»Wo kann er sein?« fragte Margaret erregt. »Er muß hier sein — irgendwo.«

»Hinter der Truhe — nein«, sagte Hank. »Darin — nein, das ist nicht möglich.«

Sie gingen, wie von einem Impuls geleitet, auf das Radio zu. Aber es stand an der glatten Wand, und es war offensichtlich zu klein, als daß ein Erwachsener darin Platz gehabt hätte. Die Drähte liefen durch zwei kleine vernikkelte Röhrchen im Bodenbrett.

»Ich möchte Sie warnen«, fuhr die Stimme fort. »Rückzug — das bedeutet eine Verletzung der Regeln. Ich möchte folgendes klarstellen: der einzige Ausgang — die Tür, durch die Sie hereingekommen sind —, und die Türen in der Mauer des Dachgartens — sind mit einer Stromladung versehen, die stark genug ist, zehn Männer zu töten. Eine einzige Berührung ist tödlich. Berühren Sie diese Türen nicht, bevor ich Sie freilasse — falls Sie gewonnen haben.«

»Mein Gott!« sagte Tim.

»Ich kann mir nicht vorstellen, daß dies etwas anderes ist als ein Spaß.«

»Spaß oder nicht Spaß«, widersprach Margaret, »der Mann kann uns sehen. Zumindest kann er uns hören — das hat er bewiesen.«

»Die Erklärung ist einfach genug«, sagte Hank. »Ein Mikrophon überträgt seine Stimme durch das Radio zu uns. Ein Mikrophon kann ebensogut unsere Stimmen zu ihm hinleiten. Durchschneiden wir doch einfach die Drähte, und lassen wir ihn mit sich selber reden, bevor wir dieses ...«

Wieder war ein Krachen von elektrostatischen Störungen zu hören.

»Ich bitte Sie, meine Freunde, keine Drähte zu berühren, die mit dem Radio in Verbindung stehen«, sagte die Stimme des Gastgebers.

»Was kann man mit solch einem Trottel anfangen?« beklagte sich Hank. »Ich wette, er gehört zu jener Sorte alter Jungfern, die an alles denken.«

Tim Slamon hatte sich ermattet in den nächsten Sessel sinken lassen.

»Ich muß schon sagen, das ist eine seltsame Art von Abendunterhaltung.«

»Die Folgen wären gefährlich«, fuhr die Stimme aus dem Radio fort. »Jede Unterbrechung im Stromkreislauf bringt vier Gasbomben in der Truhe zur Entzündung. Eine davon genügt, eine ganze Kompanie Infanterie zu vernichten. Jeder Versuch, die Funktion des Radios zu stören« — wieder folgte eine drohende Pause —, »bedeutet eine Verletzung der Regeln. Meine Damen und Herren, diese Abendgesellschaft ist mit großer Sorgfalt geplant und soll unserer Zerstreuung dienen. Ich kann nicht dulden, daß einer von Ihnen das Amüsement von uns anderen stört. Sie sind ausgewählt worden; Sie müssen bleiben und mein Spiel mit mir spielen.«

»Langweiler schreien immer nach Gesellschaft«, kommentierte Hank. »Mach weiter, Macduff.«

»Aber das ist schrecklich!« warnte Margaret.

»Sie müssen bleiben«, wiederholte die Stimme, »und das Spiel mit mir spielen. Aber es wird — das verspreche ich Ihnen — ein fesselndes Spiel werden. Ich verspreche Ihnen einen von jenen seltenen Abenden, in dessen Verlauf sich weder der Gastgeber noch einer von seinen Gästen langweilt. Keiner von Ihnen hat ein beschränktes oder unkritisches Leben geführt, und keiner von Ihnen ist unfähig, die große Herausforderung seiner Existenz anzunehmen. Denn darin werden Sie sicherlich mit mir übereinstimmen: die große Herausforderung des Lebens ist der Tod.«

Wieder folgte eine Pause — eine quälende, drohende Pause. Ein Donnergrollen rumpelte über die Dächer, und der Regen klatschte gegen die Scheiben. Sie beugten sich alle vor, als die Stimme wieder sprach.

»Ich habe angedeutet, daß die große Herausforderung des Lebens der Tod ist. Aber das ist nicht wahr. Ich habe nur einen Aphorismus wiedergegeben, der so oft in unanalytischen Gesprächen wiederholt worden ist, daß er die Bedeutung einer Tatsache angenommen hat. Aber wenn Sie nur einen Augenblick nachdenken, meine Freunde, werden Sie mit mir darin übereinstimmen, daß der Tod weder eine Herausforderung noch eine Tragödie ist. Der Tod ist ein schwerer Vorhang, der sich über ein kitschiges Schauspiel senkt.«

»Das ist gräßlich!« sagt Peter. Sylvia nickte.

»Als ob er einen Mord rechtfertigen wollte, der bereits begangen wurde«, sagte sie.

»Der Tod ist zu lange als eine gewichtige Angelegenheit behandelt worden, als daß dies nicht allmählich Ärgernis erregen würde. Mit Ihrer freundlichen Erlaubnis werde ich Ihnen heute den Tod in einer neuen Verkleidung vorführen, die amüsant, nonchalant und klug ist. Ich stelle Ihnen den Tod als eine gesellige Unterhaltung vor ...« Die Stimme des Gastgebers wurde von einem seltsamen, stakkatohaften Gelächter unterbrochen, das durch die Atmosphäre schallte. »Ein auserwählter Zeitvertreib, der sorgfältig geplant ist, um die acht anspruchsvollsten Gäste im düsteren New Orleans zu amüsieren. Heute nacht werden Sie lernen, mit dem Tode zu lachen, mit dem schwarzen Mann früherer Zeiten.«

Dr. Reid hielt ein Streichholz an seine Zigarette. Die Flamme flackerte, und er schleuderte das Streichholz in den Aschenbecher, als bedeute diese Geste eine Erleichterung.

»Das Leben — Sie werden mir darin zustimmen müssen — ist eine Art von tragischer Absurdität, und aus diesem Grunde ist es ein alberner Brauch, aus dem Ende des Lebens ein Geschehnis der Zeremonie und der Furcht zu machen«, fuhr die Stimme aus dem Radio fort. »Der Tod sollte leichtsinnig sein — das letzte Fingerschnippen zu einem stümperhaften Bühnenmanager hin. Der Tod sollte das spielerische Fabeltier sein, das für immer am Rande des Lebens dahingeistert. Und deshalb, meine Gäste, werden Sie und ich heute nacht ein Spiel spielen, in dem wir dem Tod die sportliche Chance geben, die er verdient.«

»Ein seltsamer Spaßmacher«, sagte Hank leise. »Der Mann scheint mit zuviel schlecht verdauter Philosophie vollgestopft zu sein.«

»Das Ganze wird wahrscheinlich mit einem lebenden Bild von ›Der grimmige Schnitter‹ enden«, deutete Peter an. »Hawkins wird der Hauptdarsteller sein, und dann wird pflichtgemäß auf eine Versicherungsgesellschaft hingewiesen werden.«

»Ich möchte wissen, ob diese Tür wirklich mit Elektrizität geladen ist«, sagte Tim mit einer Grimasse. »Oder ist das die zweite Lektion in einem Psychologiebuch, in dem über die verschiedenen Arten von Abschreckung geschrieben wird?«

»Es scheint jedenfalls aus einem sehr amüsanten Buch zu stammen«, sagte Peter grinsend.

»Sie glauben also nicht, daß die Tür wirklich mit Strom geladen ist?« fragte Sylvia.

»Hm — ich weiß nicht«, antwortete Peter. »Angenommen, Sie würden versuchen, die Tür zu öffnen?«

Sie lachte geringschätzig.

»Nein. Ich nehme an, ich bin auch nervös.«

»Dieser verdammte Idiot trampelt auf unser aller Nerven herum«, sagte Osgood. »Er wird wahrscheinlich in einer Minute auftauchen, um über uns zu lachen.«

»Es wird sein letztes Lachen sein«, versprach Peter.

»Sie halten das also nicht für eine ernst zu nehmende Drohung, nicht wahr?« fragte Sylvia dankbar.

»Natürlich nicht. Es ist nichts als eine garstige Art von Verrücktheit.«

»Ich habe Radios nie leiden mögen«, sagte Jean.

»Das kann ich verstehen«, sagte Tim. »Sie halten die Leute davon ab, ins Kino zu gehen.«

Jean lächelte schief.

»Hören Sie auf, spaßig zu sein, Tim! Sie sind mein Felsen in der Brandung, und wenn Sie so sprechen, läuft es mir kalt den Rücken herunter. Wenn der Kerl spricht, klingt es, als ob eine Leiche redet ...«

»Ist ein Arzt im Hause?« rief Peter.

»Meine Damen und Herren«, fiel die metallische, sanft klingende Stimme ein. »Diejenigen, die meinen Vorschlag immer noch als einen Scherz abtun und das Spiel nicht ernsthaft mitspielen wollen, möchte ich auf einen neunten Gast hinweisen, der Ihnen unwiderleglich die Absicht dieser Abendgesellschaft erklären wird.«

»Ein neunter Gast!« rief Margaret.

»Vielleicht ist das der Gastgeber«, deutete Jean an.

»Auf der Nordseite dieses Zimmers werden Sie eine Tür mit einer futuristischen Silberartemis bemerkt haben, die im Begriff steht, einen Speer an der schwarzen Politur des Hintergrundes entlangzuwerfen«, sagte die Stimme des Gastgebers. »Der Schlüssel zu dieser Tür ist zwischen den Blättern eines Bandes von Jean Cocteau auf dem Ecktisch zu finden. Hinter jener Tür werden Sie meinen neunten Gast antreffen.«

»Jemand soll die Tür öffnen!« rief Jean. »Öffnet sie schnell!«

»Ich fürchte mich ein wenig, es zu tun«, sagte Hank. »Der Himmel weiß, was wir dort finden werden. Vielleicht einen Banditen mit zwei Waffen.«

»Hier ist der Schlüssel«, sagte Sylvia, die den Band auf dem Tisch geöffnet hatte. »Soll ich in jenen Raum gehen?«

»Nicht allein«, sagte Peter schnell. »Ich werde mit Ihnen gehen.«

Sylvia steckte den Schlüssel ins Schloß.

Hank, der plötzlich ernst geworden war, trat schnell vor und hob eine Hand.

»Nur einen Augenblick«, sagte er. »Das Ganze mag ein Scherz sein. Oder vielleicht ist es nicht so. Peter deutete vorhin an, daß ein Bauchredner diesen Effekt erzielt haben könnte. Falls das stimmt und falls einer von uns dahintersteckt, sollten wir ihn nicht damit durchkommen lassen. Ich glaube, daß wir zusammenhalten sollten.«

»Hank! Das meinen Sie doch nicht im Ernst?« fragte Peter.

»Doch, ich meine es ernst. Ich beschuldige keinen einzelnen, Peter. Aber Sie müssen doch einsehen, daß ich recht habe.«

»Gewiß hat er recht«, stimmte Sylvia zu. »Ich halte es für unmöglich, daß einer von uns dies angezettelt hat. Doch unmögliche Dinge geschehen mitunter. Wir sollten wirklich zusammenhalten.«

»Es gibt auch noch einen anderen Grund«, sagte Jean, die ihre Stimme ruhig zu halten versuchte. »Dieser unheimliche Gastgeber muß irgendwo in der Nähe sein, denn er kann uns sehen und hören. Und wenn einer von uns allein gelassen wird und er uns wirklich alle töten will, dann würde ihm das eine wunderbare Gelegenheit geben.«

»Dann ist also der Pakt zwischen uns geschlossen«, sagte Osgood. »Wir bleiben zusammen. Gehen wir jetzt und schauen nach, ob dort ...«, er zögerte, obwohl er sich Mühe gab, seine Stimme beiläufig klingen zu lassen, »... ob dort irgend etwas in dem Raum ist.«

»Darf ich das Spiel einen Augenblick unterbrechen?« fragte die Stimme des Gastgebers.

Sie hielten inne und warteten gespannt.

»Es steht Ihnen natürlich frei, jeden Teil dieser Wohnung zu durchsuchen«, sagte die Stimme. »Es gibt da keine Tricks. Wie ich Ihnen schon sagte, ist dies ein Spiel der Geschicklichkeit. Es wird jedoch Zeiten geben, in denen ich Sie zu unterbrechen wünschen werde, um Ihnen die nächste Bewegung in diesem Spiel zu erklären. An verschiedenen Stellen sind Verstärker angebracht, und wenn ich mit Ihnen sprechen möchte, werden Sie vom nächsten Verstärker drei Gongschläge hören, und zwar in folgender Art:«

Sie lauschten.

Drei Gongschläge ertönten — eins, zwei, drei — hoch und scharf und klar.

»Das ist alles, meine Freunde. Sie dürfen jetzt Ihre Neugier hinsichtlich des neunten Gastes stillen.«

Schweigen senkte sich über den Raum.

»Mein Gott!« stieß Tim Slamon hervor.

»Wollen wir die Tür öffnen und uns vergewissern?« fragte Sylvia.

»Ja«, drängte Margaret unbehaglich. »Beeilen wir uns! Ich möchte wissen, was los ist.«

Sylvia drehte den Schlüssel um. Ein plötzlich aufzukkender Blitzschlag zerriß die Dunkelheit zwischen den Vorhängen und erlosch mit einem Donnerschlag. Die Gäste zuckten zusammen. Ein paar Sekunden trommelte der Regen gegen die Fensterscheiben, dann wurde das Geräusch leiser und hörte auf. Sylvias Hand lag auf dem Türknauf. Die Tür schwang auf, und Sylvia sprang mit einem Ausdruck von unaussprechlichem Schrecken im Gesicht zurück. Der Körper eines toten Mannes fiel in den Raum.

Jean schrie auf.

»Um Himmels willen ...«, rief Dr. Reid aus. »Ist er ...«

Peter, der sich neben dem Körper hatte auf die Knie sinken lassen, schaute grimmig auf.

»Ja«, antwortete er mit gepreßter Stimme, »er ist tot.«

Einen Augenblick standen sie zusammengedrängt da, als wollten sie beieinander Schutz gegen jenes Entsetzen suchen, das sie befallen hatte. Die Leiche war die eines jungen Mannes, der in einen tadellosen Abendanzug gekleidet war. Die Tür öffnete sich in einen Schrank, der so schmal war, daß er kaum mehr als einen Schlitz in der Wand bildete.

»Der Schrank — hat gerade die Größe eines Sarges«, sagte Jean heiser.

»Hat einer von Ihnen ihn je zuvor gesehen?« fragte Sylvia mit ruhiger Stimme.

Die Gäste schüttelten die Köpfe. Das Gesicht des Toten starrte bleich zu ihnen empor.

»Tun wir ihn zurück«, stieß Peter zwischen zusammengepreßten Zähnen hervor. »Schließen wir ihn außer Sicht!«

»Ja, tun wir das«, murmelte Osgood.

Sylvia zögerte.

»Wir sollten die Leiche so liegen lassen, wie wir sie gefunden haben.«

»Wir können sie nicht hier liegen lassen«, sagte Dr. Reid schroff. »Wir würden verrückt werden.«

»Wir können sie nicht hier liegen lassen«, sagte Hank mit spröde klingender Stimme. »Wir können es einfach nicht tun.«

»Wie lange ist er schon tot?« fragte sie.

»Ich weiß nicht«, sagte Peter. »Der Körper fühlt sich kalt an.«

»Uhh-h-h«, erschauerte Margaret.

Als hätte ihn eine plötzliche Sehnsucht nach frischer Luft gepackt, riß Tim die Tür auf, die auf den Dachgarten führte. Der Regen hatte aufgehört. Ein Strom von feuchter, kühler Luft wehte ins Zimmer. Die Palmwedel waren schwer von tropfender Nässe, und kleine Rinnsale plätscherten zwischen den Pflastersteinen.

»Was sollen wir tun?« fragte Margaret atemlos.

»Mir ist es gleich«, sagte Dr. Reid matt. »Wenn wir uns nur dieses Ding aus den Augen schaffen können!«

»Legt ihn auf den Dachgarten«, sagte Hank kurz.

»Sie meinen — wir sollen ihn einfach dort hinauswerfen?« fragte Jean in furchtsamem Flüsterton.

»Warum nicht?« fragte Peter. »Wir können nicht herumstehen und uns das anschauen.«

»Und wenn Sie ihn aufrichten und wieder in jenen Schrank hineinzwängen?« fügte Margaret erschauernd hinzu. »Dann — dann würde ich seine Finger gegen das Holz tappen hören — ich würde wissen, daß er da ist. Oh — ich würde verrückt werden ...«

Wie von einem plötzlichen Mutausbruch angetrieben, richtete Hank die Leiche auf, die sie die ganze Zeit über angestarrt hatten. Peter öffnete die Tür, die zum Dachgarten hinausführte, und sie sahen, wie Hank den Körper mit einem Keuchen schrecklicher Erleichterung auf die feuchten Fliesen fallen ließ.

»Mein Gott«, stöhnte Hank, als er sich umwandte. »Es ist furchtbar. Gehen wir wieder hinein, und schließen wir die Tür! Wenigstens sind keine Leichen hier drinnen — bis jetzt noch nicht.«

»Sie sind sehr humorvoll«, sagte Sylvia trocken. Sie warf einen sehnsuchtsvollen Blick auf die Außentür, die zur Treppe führte. »Ich wünschte, ich würde es wagen, die Tür zu öffnen«, sagte sie.

»Versuchen Sie es nicht«, sagte Tim. »Ich komme allmählich zu der Überzeugung, daß wir uns glücklich schätzen dürfen, wenn wir sie je wieder öffnen können.«

»Ich denke das gleiche«, erwiderte sie.

»Sie sind selbst recht humorvoll«, bemerkte Hank.

Sylvia lächelte schief, als sie die Tür des Zimmers schlossen, in dem das Radio stand. Schaudernd standen sie da.

»Hawkins!« rief Hank plötzlich aus.

»Was?« fragte Peter.

»Hawkins!« rief Jean. »Sie wissen doch — jener Butler mit dem steinernen Gesicht. Er ist nicht gekommen, als wir läuteten ...«

Sie starrten einander an. Das Abendessen schien Jahre zurückzuliegen.

»Warum haben wir das nicht schon zuvor bemerkt!« rief Osgood. »Natürlich. Er lockt uns hierher, bedient uns beim Essen und schlüpft dann hinaus. Seit wir den Tisch verließen, hat er sich nicht sehen lassen. Was die Bedienungen betrifft, die könnten mit ihm unter einer Decke stecken, oder er hat sie vielleicht nach Hause geschickt.«

»Ich habe ihn bis zu dieser Minute ganz vergessen«, sagte Jean.

»Pling!« ertönte ein scharfer, glockenähnlicher Ton.

»Der Gong!« sagte Dr. Reid.

»Pling!« machte der Gong. »Pling!«

»Ich kann es nicht aushalten«, flüsterte Margaret. »Ich kann es einfach nicht ertragen.«

Jean streichelte mit einer mechanischen Handbewegung über ihr schimmerndes schwarzes Haar.

»Halten Sie mir die Hand vor den Mund, wenn ich schreie«, flüsterte sie Sylvia zu.

»Hier spricht Station GEIST«, ertönte die Stimme — langsam, weich und spöttisch. »Sie haben angedeutet, daß Hawkins seine Hand im Spiele haben könnte. Es bereitet mir großes Vergnügen, Sie darüber zu informieren, meine Damen und Herren, daß Hawkins und die Bedienungen sich nicht in unser Spiel heute nacht einmischen werden.«

»Sie sind auch tot«, stieß Tim hervor.

Einen Augenblick standen sie still in unentschlossener Furcht. Der Tod schien drohend auf sie einzustürmen. Draußen fauchte der Wind um den Bungalow; hier im Innern schien nichts als hilfloses Entsetzen zu herrschen. Der Gedanke an den Tod, der beim Abendessen nur der Anlaß für launige Plaudereien gewesen war, hatte sich plötzlich in eine brutale Macht verwandelt, die sie mit einer hohlen Stimme aus dem Nichts bedrohte.

»Wenn Sie die Tür öffnen, die vom Eßzimmer in die Küche führt, werden Sie Hawkins und seine Helferinnen finden«, fuhr der Gastgeber in seiner tonlos ruhigen Stimme fort.

Die Stimme schwieg. Die Gäste schauten einander an.

»Mir wäre wohler, wenn er den Tonfall mitunter ein wenig ändern würde«, murmelte Jean. »Diese blecherne Monotonie treibt mich allmählich zum Wahnsinn.«

»Hat jemand Mut, nach Hawkins zu schauen?« fragte Margaret. »Ich habe ihn nicht.«

»Ich werde nachschauen«, bot Sylvia an. »Ich nehme an, es ist in der Küche so sicher wie irgendwo sonst.«

Sie durchquerte den Raum und ging durch den breiten Durchgang zur anderen Seite des Eßzimmers. An der Tür wandte sie sich um. Mit ihrem bleichgoldenen Haar und in der weißen, engen Hülle des Kleides sah sie wie eine Wikingerin aus. Ihre ruhige Kühnheit ermutigte sie alle.

»Soll ich nachschauen?« rief sie über ihre Schulter.

»Ja, ich komme auch mit«, sagte Tim hastig und folgte ihr.

Jean durchquerte halbwegs das Eßzimmer, und Peter folgte ihr. Die anderen blieben an der Tür stehen.

Mit fester Hand drehte Sylvia den Türknauf und stieß die Tür weit auf. Sie und Tim stießen gleichzeitig einen Ruf des Entsetzens aus.

»Was ist los?« fragte Peter und eilte auf sie zu.

»Es ist Hawkins«, sagte Sylvia atemlos.

Sie öffnete die Tür zum zweiten Male und trat mit Peter und Tim ein. Die anderen traten furchtsam näher und starrten in die Küche.

Hawkins und die Bedienungen waren hier. Hawkins war mit dem Gesicht nach unten über den Tisch gesunken, und die anderen waren in ihren Stühlen zusammengebrochen.

Sie hatten offensichtlich beim Essen um den langen Küchentisch gesessen; halb geleerte Teller und drei leere Weinflaschen standen vor ihnen. Die entsetzten Gäste sahen vertraute Küchengeräte vor sich — schimmernde Maschinen, aufgeschichtete Teller und die Küchenuhr mit dem schwingenden Pendel, die mit ihrem Ticken die Stille durchbrach. Peter beugte sich vor und tastete mit seiner Hand zaghaft nach Hawkins' Herz.

»Pling!« ertönte es aus dem Radio hinter ihnen.

»Ich habe nicht vor, mich hier umbringen zu lassen«, sagte Tim heiser. »Dieses Ding ...«

»Pling!« sang das Radio unerbittlich. »Pling!«

»Sie sind nicht tot«, sagte die Stimme des Gastgebers. »Meine Freunde, ich kämpfe nicht mit Dienstboten. Ich suche meine Gegner — wie Sie bemerkt haben werden — mit Sorgfalt aus. Diese Dienstboten wurden nur hierher beordet, um im ersten Teil des Abends für Ihre Bequemlichkeit zu sorgen. Als sie nicht mehr von Nutzen sein konnten, schaltete ich sie aus, damit sie sich nicht in unser heutiges Abendvergnügen einmischen können. Ein harmloses Betäubungsmittel ist alles, was ich angewandt habe. Sie werden sich morgen wieder recht wohl fühlen. Wenn die acht besten Geister von New Orleans sich mir in dem Spiel, das wir spielen werden, nicht gewachsen zeigen, werden die Dienstboten natürlich als erste der Polizei melden, daß Ihre Leichen im zweiundzwanzigsten Stockwerk des Bienville-Hauses zu finden sind.«

Jean schwankte ein wenig, und Margaret stieß einen merkwürdigen, keuchenden Laut aus. Jason Osgood wischte sich Schweißperlen von der Stirn.

»Schließt diese Tür«, sagte Tim Slamon mit heiserer Stimme.

»Ja, tut das«, bat Dr. Reid. Seine Unerschütterlichkeit geriet allmählich ins Schwanken.

Hank durchquerte das Eßzimmer und schloß die Tür. Sie fiel ins Schloß, und der Laut hallte durch den stillen Raum.

»Durchsuchen wir den Bungalow«, schlug Osgood vor. »Dieser höhnische Unhold muß hier irgendwo sein.«

»Aber er kann nicht hier sein«, widersprach Peter. »Es scheint kein Versteck für ihn zu geben, es sei denn, es gibt Doppelwände oder sonst etwas Romanhaftes.«

»Das ist unmöglich«, sagte Hank. »Seien wir doch vernünftig! Diese Wohnung wurde von einer vertrauenswürdigen Maklerfirma zur Vermietung angeboten, von derselben Firma, die die Büros hier im Hause verwaltet. Sie wurde als reizender Bungalow beschrieben, der von einem Dachgarten umgeben ist und so weiter. Sie meinen doch nicht etwa, daß die Architekten eines von diesen geheimnisvollen Häusern entworfen haben, in denen es von gleitenden Mauern, Doppelwänden und herumschwingenden Bücherregalen wimmelt?«

»Es scheint nicht möglich«, gab Peter zu, »aber dies alles hier erscheint unmöglich.«

Jean nickte.

»Ich glaube allmählich, daß hier oben alles möglich ist.«

»Meine Gäste, darf ich Sie einen Augenblick unterbrechen?« sagte die Stimme des Gastgebers.

Die Gäste zuckten zusammen und lauschten gespannt.

»Bitte vergewissern Sie sich, indem Sie diese Wohnung durchsuchen, wenn Sie das wollen«, sagte die Stimme mit seidiger Sanftheit. »Wie ich bereits sagte, ist dies kein Spiel des Abschlachtens. Es ist ein Spiel der geistigen Geschicklichkeit — wie das Schachspiel, das unser Freund Dr. Reid so liebt, oder wie das Bridgespiel von Mrs. Gaylord Chisholm oder die Buchstabenrätsel, die Peter Daly soviel Spaß machen; ebenso wie die Schüttelreime, mit denen Miss Jean Trent bei den Gesellschaften in Hollywood so glänzt ...«

»Wie gut er uns kennt«, sagte Jean erschauernd.

»... ein Spiel der Geschicklichkeit, wie das Pokerspiel, das Mr. Timothy Slamon in seiner Freizeit spielt, oder das Spiel der höheren Mathematik, das Mr. Henry L. Abbott betreibt, oder das Spiel der Rabulistik, durch das Miss Sylvia Inglesby einen Gegner besiegt, der bessere rechtliche Beweismittel hat als sie.«

Unwillkürlich schauten sie alle zu Sylvia hinüber, aber bis auf ein spöttisches Zucken um ihre Mundwinkel lauschte sie unbewegt.

»Es schmerzt mich, daß Sie immer noch glauben, ich könnte unsere sorgfältig geplante Unterhaltung verfälschen, indem ich in Schlupfwinkeln Zuflucht suche. Es gibt keine schwingenden Bücherregale oder Doppelwände. Ich beabsichtige nicht, unser Spiel durch Tricks zu beeinträchtigen.«

Die Stimme schwieg. Sie klang so seidenweich, so ironisch amüsant, daß man förmlich zu sehen glaubte, wie der Sprecher sich höflich verbeugte und lächelte, während er sich setzte. Die Gäste standen da und starrten gespannt auf die Radiotruhe, die so vertraut harmlos aussah und sie doch diabolisch zu verhöhnen schien.

»Ich habe gesagt, daß ich mich nicht zur Benutzung von albernen Hilfsmitteln herablasse. Aber ich warne Sie, meine Freunde: es ist unmöglich, sich vom Schauplatz unseres Vergnügens zu entfernen. Jeder, der versucht, diesen Bungalow zu verlassen, wird sein Leben in der unkünstlerischsten Weise beenden. Und der Tod, den ich heute nacht für Sie geplant habe, oder die Niederlage, die Sie mir vielleicht zufügen, meine Freunde, sind künstlerisch. Ich möchte Sie darauf hinweisen, daß es wohl wert ist, darauf zu warten. — Vielleicht ist Ihnen schon der Einfall gekommen, daß Sie einen primitiven Fluchtversuch unternehmen könnten, indem Sie die Mauer des Dachgartens erklimmen und jemandem unten auf der Straße ein Signal geben. Ich ersuche Sie dringend, kein solch kindliches Bravourstück zu versuchen. Nicht nur daß das Dach des neunzehnten Stockwerks sich fünfzehn Meter weiter vorreckt als das Dach hier oben und das Dach des vierzehnten Stockwerks wieder fünfzehn Meter weiter, darüber hinaus sind die Wände des Dachgartens mit Weinranken bewachsen, wie Sie vielleicht bemerkt haben. Und oben — mit den Weinranken verflochten — ist ein Netzwerk von Hochspannungsdrähten, die in der Dunkelheit Ihrer Aufmerksamkeit entgangen sein mögen. Die schweren Eisentüren, die vom Innenhof aufs Dach führen, stehen alle unter Hochspannung. Das Metalldach wirkt wie eine Erdung, und die Person, die den Stromkreislauf vervollständigt, stirbt durch eigene Hand. Sie sind heute nacht meine Gäste, und Sie sollen meine Gäste bleiben. Man kann mich gewiß nicht tadeln, weil ich mich an einer so brillanten Gesellschaft erfreue. Im übrigen sind Sie meiner Einladung ebenso wie der Lockung Ihrer eigenen Eitelkeit gefolgt, und Sie werden erst gehen, wenn ich Ihnen gute Nacht gesagt habe.«

»Wir sind gefangen«, sagte Dr. Reid mit einem Ausdruck von Endgültigkeit. »Gefangen von einem Wahnsinnigen — und er beobachtet uns, während er sich heimlich vor Lachen schüttelt.«

»Ja«, sagte Margaret schwach. »Während wir dasitzen und den Tod näherkriechen fühlen ...« Ihre Stimme riß ab wie ein zu straff gespannter Faden.

Jean ging zum Fenster und blickte auf das Funkeln der Lichter der Stadt, die sich vor dem dunklen Himmel abzeichneten.

»Wenn man sich das vorstellt«, sagte sie. »Wenn man daran denkt, daß dort unten eine halbe Million Menschen ihr normales Leben führen und — daß — wir — hier ...« Ihre Stimme schwoll zu einem langgezogenen Schrei an.

Eine kühle, feste Hand griff nach ihrem Arm, und eine ruhige Stimme sprach zu ihr.

»Jean.« Es war Sylvia. »Jean, bitte verlieren Sie nicht die Beherrschung. Meine Liebe, dies ist schrecklich — aber sehen Sie nicht ein, daß wir nicht verrückt werden dürfen? Der erste, der hysterisch wird, reißt uns alle in eine Panik hinein. Sie wollen doch nicht alle anderen gefährden!«

»Aber es muß einen Ausweg geben«, rief Jason Osgood ärgerlich. »Wir sind doch keine Narren. Dieser Bursche kann nicht allmächtig sein. Es muß einen Ausweg geben, und wir müssen ihn finden.«

Osgood schien hart um seine Selbstbeherrschung zu kämpfen. Sein Gesicht war aschfahl und verzerrt. Der vertraute, metallisch kühle Klang war aus seiner Stimme geschwunden, und die Worte kamen stammelnd über seine Lippen. Es war so, als beginne eine Statue an den Rändern abzubröckeln.

Hank hatte die Ellbogen auf die Knie gestützt und die Hände an die Schläfen gelegt.

»Natürlich muß es einen Weg ins Freie geben«, sagte er wie im Selbstgespräch. »Wenn wir auch nicht heraus können, muß es doch möglich sein, die Aufmerksamkeit der Leute auf der Straße auf uns zu lenken. Sie müssen merken, daß hier oben etwas Ungewöhnliches vorgeht, und heraufkommen, um nachzuforschen. Wir müßten uns irgend etwas ausdenken ...«

»Es schmerzt mich, feststellen zu müssen, daß meine Zerstreuung nicht völlig willkommen ist«, sagte die kühle, eintönige Stimme des Gastgebers. »Aber da dies nun einmal der Fall ist, werden die erfahrenen Gehirne meiner Gäste sich sicherlich andere, feinere Möglichkeiten ausdenken, diesem Spiel zu entgehen. Vielleicht denkt einer von Ihnen an den verzweifelten Ausweg: Feuer. Es mag sein, daß Sie gewillt sein könnten, diesen wunderbar entworfenen Bungalow zu zerstören und unschätzbaren Schaden für das Gebäude, auf dem er steht, zu riskieren, indem Sie versuchen, die Aufmerksamkeit der Leute auf sich zu lenken und damit unser Spiel zu stören. Aber Sie glauben doch wohl nicht, daß ein Gebäude wie dieses ohne eine entsprechende Feuerlöschanlage eingerichtet ist. Und Sie können nicht so dumm sein, zu glauben, daß ich Sie hier zu einem Spiel wie unserem versammelt habe, ohne die Wassersprenganlage über Ihren Köpfen bemerkt zu haben. Feuer in dieser Wohnung würde zweifellos den Mechanismus der Sprenganlage auslösen, aber die Sprenganlage ist heute nacht nicht mit Wasser zur Löschung von Feuer gefüllt, sondern mit tödlichem Gas zum Auslöschen der Lebensflamme. Jeder kleine Zimmerbrand, der den Mechanismus auslösen könnte, müßte das Gas zum Ausströmen bringen, das ganz bestimmt Ihre interessanten Lebensläufe beenden würde, ehe eine Hilfe von der Straße heraufkommen könnte. — Oder vielleicht haben Sie an die Möglichkeit gedacht, die Wohnung zu überfluten, so daß das Wasser durch die Decke in die darunterliegenden Räume tropft. Sie werden sofort erkennen, wie ungeeignet diese Methode ist, wenn ich Sie daran erinnere, daß nicht nur die Räume unter Ihnen zu dieser Stunde wahrscheinlich leer sind, sondern daß Ihnen tatsächlich auch kein Wasser zur Verfügung steht. Die Zufuhr für die Hähne in der Küche und im Badezimmer ist abgestellt worden. Zwei Kühler in der Küche sind mit je vier Litern Wasser gefüllt. Das wird, glaube ich, für Trinkzwecke genügen, aber nicht dafür, die Aufmerksamkeit irgendeines Menschen zu erregen, der in den unteren Räumen sein mag. — Einer von Ihnen mag auch daran denken, die Türen mit einem Möbelstück einzuschlagen, das die Elektrizität nicht leitet. Das ist unmöglich, weil die Mauern des Dachgartens und die Türen stark genug sind, jedem Rammbock zu widerstehen, der Ihnen zur Verfügung stehen könnte. Ich bitte Sie also dringend, nicht den Fortgang unseres Spieles dadurch zu verzögern, daß Sie ihm durch die dummen und völlig unbefriedigenden Fluchtmittel zu entgehen versuchen, die Ihnen zur Verfügung stehen. Sie werden feststellen müssen, daß Sie gezwungen sind, diesen ersten Punkt im Spiel mir zu überlassen. Sie sind heute nacht meine Gäste, und Sie werden meine Gäste bleiben. — Aber gestatten Sie mir, Ihnen zu versichern, daß Sie nicht die Gäste eines achtlosen Gastgebers sind. Ich habe alle Vorbereitungen getroffen, um zu vermeiden, daß Sie meiner Gastfreundschaft entweichen. Aber ich habe auch alle Vorbereitungen getroffen, Ihnen einen angenehmen Abend zu bereiten. Ich glaube, Sie werden Ihre Umgebung in Übereinstimmung mit Ihrer eigenen veredelten Auffassung von gutem Geschmack finden. An der Wand über der Radiotruhe sehen Sie ein Paar gekreuzter Degen hängen, die eine sorgfältige Betrachtung verdienen. Das Jadestück auf dem Tisch, auf dem Miss Inglebys Lieblingszigaretten liegen, werden Sie sicherlich auch sehr interessant finden. Der Einband des Buches von Oscar Wilde, das auf dem Eckschränkchen liegt, dürfte jeden Bibliophilen entzücken. Ich bin davon überzeugt, meine Freunde, daß Sie mir zugestehen, alles Erdenkliche getan zu haben, um die Stunden unseres Beisammenseins angenehm zu machen.«

Die Stimme war kühl, ironisch und unveränderlich. Ihre spöttische Monotonie hörte einen Augenblick auf und ertönte dann wieder.

»Ich bin davon überzeugt, daß Sie die Einrichtungen hier Ihrem Geschmack entsprechend finden. Die Kästchen hier und dort im Raum enthalten die Zigaretten- und Zigarrenmarken, für die die verschiedenen Gäste dieser Party eine Vorliebe gezeigt haben. Der Schrank im Eßzimmer ist mit Whisky, Gin, Weinen und Likören versorgt, und im Küchenschrank werden Sie einen Mixbecher, Gläser, sowie Orangen, Zitronen, Zucker und andere Dinge sehen. Ich hoffe, Sie finden Gefallen an den Vorbereitungen, die ich getroffen habe. Ich habe mich bemüht, den verschiedenen Geschmacksrichtungen meiner Gäste nach meinen Fähigkeiten und denen meines Kellers entgegenzukommen. Da es wohlbekannt ist, daß Miss Silvia Inglesby — eine von den charmantesten Damen meiner Bekanntschaft — kaum mehr als zwei, drei Züge von einer Zigarette nimmt, ehe sie sie wegwirft, habe ich für einen Extravorrat ihrer Lieblingssorte ›Turkish Emperors‹ gesorgt. Sie wird sie in dem kleinen Bronzekästchen auf dem Tisch nahe bei der Tür zum Eßzimmer finden.«

Mechanisch stand Sylvia auf und ging auf den kleinen Tisch nahe der Eßzimmertür zu.

»Sind sie dort?« fragte Jean atemlos.

»Ja — Dutzende — und die ›Turkish Emperors‹ in dem kleinen Kästchen, aus dem ich sie bisher genommen habe, sind wirklich nahezu alle.«

»Da Mr. Tim Slamon, ein weiterer meiner vornehmen Gäste, keine Drinks liebt, die mit Ingwerlimonade gemischt sind, liegen mehrere Flaschen Selterswasser bei den Limonadeflaschen im Eisschrank«, fuhr der Gastgeber fort. »Wie Sie bemerkt haben werden, steht der Eisschrank in der Küche. Mr. Peter Daly findet keine Alkoholzubereitung so anregend für seinen Geist wie die Zubereitung von *Café brulé.*«

»Das ist entsetzlich!« stieß Peter hervor.

»... er wird eine Dose Kaffee auf dem Regal über dem Küchentisch finden, und den Filterapparat hat er bereits entdeckt. Was den berühmten Dr. Murray Chambers Reid betrifft, der in den Jahren seiner akademischen Abgeschlossenheit so ausgezeichnet für die Prohibition gearbeitet hat, so bitte ich Sie, so zu tun, als bemerkten Sie sein Entzücken nicht, wenn ich ihm sage, daß alles für die Herstellung eines *Absinth frappé* bereitsteht. Wollen Sie, Dr. Reid, nicht für sich und die Gäste einen Frappé machen, wie nur Sie ihn zuzubereiten verstehen?«

Die Stimme schwieg herausfordernd. Dr. Reid hatte steinerne Fassung bewahrt, bis auf die zusammengepreßten Lippen und die schwache Röte, die über sein Gesicht huschte. Plötzlich wurde die Stille von dem Klang von Sylvias dünnem, klingendem Lachen zerstört.

»Ich — ich — es tut mir leid«, entschuldigte sie sich. »Ich konnte es einfach nicht unterdrücken. Er ist so reizend.«

Tims Maske der Höflichkeit zerbrach, und er stimmte in ihr Lachen ein; dann Hank und die anderen. Jason Osgood lachte in sich hinein und schlug seinem Freund auf die Schulter.

»Ich könnte diesen Gastgeber fast liebgewinnen«, sagte Tim zu Jean.

»Sie könnten uns wirklich einen Frappé machen«, sagte Osgood.

»Bitte!« sagte Sylvia.

Dr. Reid wählte eine neue Zigarette und schüttelte den Kopf. Er brachte ein schwaches Lächeln zustande.

»Jetzt nicht!« sagte er.

»Der Eisschrank ist in der Küche, Dr. Reid«, sagte die Stimme des Gastgebers.

»Was meinen Freund Henry Abbott betrifft, unseren lieben Hank, so würde ich ihm raten, nicht gerade die Mischung von Gin und schwarzem Kaffee zu versuchen, die an einem Abend vor drei Wochen so fatale Wirkung auf seinen Gleichgewichtssinn ausgeübt hat ...«

»Gin und schwarzer Kaffee?« wiederholte Peter. »Was ist das?«

»Schlaftropfen à la Hank«, sagte Hank wehmütig. »Es ist schrecklich. Aber woher mag er das nur wissen? Ich habe das bei einer Party im vergangenen Monat gemacht — es war spät, und fast alles war ausgetrunken.«

»Und was Mrs. Gaylord Chisholm betrifft, denken Sie bitte daran, daß sie nie eine Kirsche am Boden des Glases haben möchte.«

»Er muß uns seit Monaten studiert haben«, sagte Margaret trocken.

»Er ist ein verrückt gewordener Barkeeper«, erklärte Peter.

»... Da Mr. Jason Osgood die Angewohnheit angenommen hat, seine Zeit nach einem unumstößlichen Plan einzuteilen und nichts zu tun, ohne zuvor nach der Uhr zu schauen, wird er eine sehr hübsche kleine Schweizer Uhr vor sich sehen, die einen angenehm tönenden Stundenschlag hat. Es wird Mr. Osgood interessieren, daß er so sterben wird, wie er gelebt hat: nach der Uhr. Sie wird schlagen, um die Zeit seines Dahinscheidens anzuzeigen.«

Osgood erstarrte in stummem Entsetzen. Die anderen zuckten zusammen, als ihnen wieder zu Bewußtsein kam, daß diese spöttische Stimme den Tod für sie in Bereitschaft hielt.

»Lassen Sie sich von ihm nicht so einschüchtern«, drängte Hank. »Er kann Sie nicht töten — wir sind alle hier. Und wenn es wirklich nur einer ist, so sollten wir ihn aufhalten können.«

»Ich hoffe es«, murmelte Osgood und ließ sich zurücksinken. Wieder wischte er Schweißtropfen von seiner Stirn.

»Auf alle Fälle bin ich davon überzeugt, meine Freunde, daß die wesentlichen Dinge für einen angenehmen Abend vorhanden sind. Im dritten Schubfach des Eckschränkchens sind Karten und im vierten Schachfiguren. Bevor Sie jedoch ein Spiel planen, erlauben Sie mir, Ihnen weitere Einzelheiten meiner Pläne für den Abend zu unterbreiten; denn ich habe Ihnen ein einmaliges Vergnügen versprochen, wogegen Kartenspiele und Schach jämmerlich abgedroschene Belustigungen sind. Auch die Betrachtung von Gravierungen, Degen und Einbänden ist dagegen nur ein armseliges Vergnügen, wie ich noch hinzufügen möchte. Achten Sie also auf die Einfälle meines Ehrengastes! Sie werden ihn kennenlernen und vielleicht liebgewinnen.«

»Ehrengast?« wiederholte Tim. »Ein weiterer Verrückter?«

»Sein Name ist Tod«, sagte die Stimme.

»Mein Gott!« rief Peter aus.

Die Stimme sprach weiter.

»Er ist weder wild noch herzlos, meine Freunde. Es stimmt, daß Sie hierherbeordert worden sind, um zu sterben. Aber Sie sind nichts als acht Auswüchse der Zivilisation — warum sollten Sie nicht sterben? Sie alle müssen sterben. Wenn ich Sie nicht hierher eingeladen hätte, würden Sie vielleicht ein paar Jahre länger leben, das stimmt. Aber am Ende würden Sie alle einfache, gewöhnliche Tode sterben — Tode, die jeder Straßenfeger und jede Putzfrau durchmachen können. Sie würden vielleicht im Bett an einer schmerzhaften aber nicht außergewöhnlichen Krankheit sterben; oder der Tod würde Ihnen in Form eines unvorsichtig gelenkten Autos auf irgendeiner Straße begegnen. Im besten Falle würden Sie noch bei einem Flugzeugabsturz ums Leben kommen —

auf eine ähnliche Weise, wie schon viele alltägliche Leute gestorben sind. Aber Sie, meine acht Freunde, sind einen edleren Tod wert. Sie verdienen eine besondere Art des Abganges von der Welt, die Ihnen applaudiert hat. Sie sind einen lachenden, außergewöhnlichen Tod wert. Das ist der Tod, den ich Ihnen schenken werde. Einer nach dem anderen werden Sie heute nacht den Tod sterben, den Sie verdienen.«

»Den Tod, den wir verdienen«, wiederholte Hank.

»Wie kommt dieser verdammte Leichenjäger zu der Annahme, daß wir überhaupt irgendeine Todesart verdienen? Ich will am Leben bleiben.«

»Ich auch«, sagte Jean mit undeutlicher, abwesend klingender Stimme. »Es ist seltsam. Ich habe nie zuvor ans Sterben gedacht. Ich — Jean Trent — tot —. Mir ist plötzlich klargeworden, daß ich keine Persönlichkeit bin, sondern nur ein Haufen von Knochen mit Fleisch daran.« Sie ließ sich mitleiderregend langsam, wie eine verwelkende Blume, sinken.

»Jean, meine Liebe!« rief Hank und ging zu ihr hin. »Setzen Sie sich wieder! Wir werden nicht sterben. Sie denken doch nicht etwa, daß wir hier nicht herauskommen können?«

Sie setzte sich auf das Sofa zurück.

»Ich bin wohlauf«, versicherte sie ihm mit stärkerer Stimme. »Ich werde nicht ohnmächtig werden — oder etwas von der Art tun. Ich bin nur ein wenig zitterig.«

»Das sind wir alle«, sagte Hank beschwichtigend. »Es ist ziemlich schockierend, wenn einem gesagt wird, daß man vor dem Morgen tot sein wird. Aber wir werden ihn überlisten.«

»Sicher«, stimmte Dr. Reid ruhig zu. »Ich zweifle nicht daran.«

»Meine Freunde«, sagte die Stimme des Gastgebers, »dies ist ein Spiel, in dem Sie die eine und ich die andere Seite einnehmen werden, und der Tod, unser Ehrengast, wird der Schiedsrichter sein. Ich habe mir geschmeichelt, daß ich jede Runde gewinnen kann, so daß Sie — wenn Sie einer nach dem anderen verlieren — die Strafe zahlen müssen. Aber wenn ich verliere — falls einer von Ihnen sich als klüger als ich erweisen sollte und mich in unserem Spiel überlistet —, dann werde ich vor Ihren Augen sterben.«

»Großer Gott!« stieß Peter hervor.

»Ich werde dann vor Ihren Augen sterben«, wiederholte der Gastgeber. »Sollen wir fortfahren?«

Margaret stand auf und krampfte ihre Hände zusammen.

»Und er meint — er meint wirklich, daß er uns alle ermorden will!« sagte sie mit einer hohen, hart klingenden Stimme.

»Dies wird eine seltsame Geschichte geben, wenn man sie erzählen will«, murmelte Dr. Raid. »Eine wirklich seltsame Geschichte.«

»Für jeden, der sie erzählt«, sagte Tim dumpf.

»Mein Gott!« sagte Peter wieder. »Und wir sind hier oben — eingesperrt.«

»Eingesperrt«, fuhr Hank fort. »So als wären wir lebendig begraben worden und wachten in einem Grabe auf.«

»Hank!« schrie Osgood und sprang vom Stuhl auf. »Wollen Sie uns alle zum Wahnsinn treiben?« Seine Stimme klang kehlig, und sein Gesicht hatte eine schmutzig-fahle Farbe.

Er wurde von der kühlen, schneidenden Stimme des Gastgebers unterbrochen.

»Aber falls ich gewinne, meine Freunde — falls ich gewinne, werden Sie einer nach dem anderen den Preis bezahlen. Falls ich gewinne, wird unser Spiel am Morgen aus sein. Denn wenn die Sonne aufgeht, werden meine Gäste gegangen sein.«

»Stellt doch dieses Ding ab!« bat Margaret.

»Er hat uns gewarnt, es zu tun«, erinnerte Osgood sie. »Ich berühre nichts in diesem höllischen Haus.« Er nahm sich eine Zigarette und zündete sie mit unsicheren Bewegungen an.

»Die Regeln unseres Spieles sind erklärt worden«, sagte der Gastgeber. »Sie müssen bleiben und fair spielen. Sie müssen meine Anweisungen befolgen. Eine Mißachtung dieser Regeln wird — höchst unheilvoll sein. Ich bin kein Mörder, meine Freunde. Jeder von Ihnen wird mir selbst die Möglichkeit seines Todes in die Hand spielen.«

»Aber das ist verrückt«, sagte Sylvia. »Das ist Entsetzen erregend, unglaublich verrückt.«

»Natürlich ist es verrückt«, sagte Peter. »Aber es ist nun einmal so.«

»Meine Gäste«, fuhr die Stimme des Gastgebers fort. »Ich kenne Sie gut. Trotz Ihres Charmes, Ihrer Ausgeglichenheit und Ihres Selbstvertrauens ist keiner unter Ihnen, der nicht seine Achillesferse hätte — in all den Jahren vor der Welt verborgen, die weiche Stelle unter der Rüstung. Und dadurch werde ich Sie alle besiegen. Es ist keiner unter uns, meine Freunde, der nicht ein Geheimnis verbirgt. Ich habe Ihre Geheimnisse herausgefunden. Ich werden Sie angreifen — nicht an Ihren starken Stellen, sondern an Ihren verborgenen Schwächen. Ich warne Sie, damit Sie besonders achtgeben auf das Geheimnis, das nur Sie selbst zu kennen glauben. Denken Sie nach, meine Freunde, es könnte von Wichtigkeit sein. Nur durch ernsthafte Selbstanalyse haben Sie eine Chance, mich in diesem Spiel zu übertreffen.«

»Nachdenken«, wiederholte Hank. Er ging zu einem Fenster und schaute eine Minute hinaus. Als er sich wieder ins Zimmer wandte, fügte er hinzu: »Gerade das kann ich jetzt am allerwenigsten tun.«

»Still!« warnte Margaret. »Er spricht.«

Sie beugte sich mit nervös zitternden Händen vor und

öffnete die Augen so weit, so als versuchte sie, der Radiotruhe ihr Geheimnis zu entreißen.

»Natürlich könnte jemand unter Ihnen sein, den ich falsch eingeschätzt habe«, sagte die Stimme des Gastgebers.

»Das klingt geradezu hoffnungsvoll«, sagte Peter ungläubig.

»Es mag sein, daß einige von Ihnen nicht nur eine, sondern mehrere geheime Schwächen haben«, fuhr die Stimme fort. »Es mag sein, daß irgendeinem in Ihrer Gesellschaft jene Stärke fehlt, mit der ich ihn in meiner Fantasie ausgestattet habe. Ich möchte nicht, daß unserem Wettkampf der Glanz genommen wird, indem ein solcher Gast sich in das Spiel einmischt, das wir heute nacht spielen. Ein Mann oder eine Frau, die nicht den Mut oder die sorglos kühne Vorliebe für das Abenteuer hat, um unser Spiel fröhlich, sorgfältig und gut zu spielen, sind es nicht wert, meine Gegner zu sein. Wenn also jemand bei Ihnen ist, der nicht mit mir spielen will, werde ich es nicht von ihm verlangen.«

»Dem Himmel sei Dank«, sagte Tim.

»Vielleicht ist doch alles nur ein Spaß«, sagte Margaret verzweifelt.

»Ich weiß nicht«, sagte Jean. »Schließlich liegt der Tote auf dem Dachgarten.«

»Für solch eine Person habe ich einen einfachen Fluchtweg vorbereitet«, sagte die Stimme freundlich. »Wenn Sie im dritten Fach des Wandschranks im Anrichteraum nachschauen, werden Sie zwischen den Flaschen mit Soßen und Gewürzen einen Silberflakon finden. Er enthält Blausäure.«

»Reizend von ihm«, stieß Peter hervor.

»Falls einer unter Ihnen ist, dem der Mut fehlt, unser Spiel mitzuspielen, dann ist der Ausweg für ihn einfach. Es ist der Weg des offenen, des gewöhnlichen, des sich geschlagen gebenden Selbstmordes.«

»Mein Gott!« rief Hank erschauernd.

»Solange es sich um angezeigte Flaschen mit Blausäure handelt, fürchte ich mich nicht«, sagte Sylvia fast fröhlich. »Ich weiß dann genug, mich nicht an ihnen zu vergreifen.«

»Fürs nächste habe ich alles gesagt«, erklärte die Stimme des Gastgebers. »Sie können mir vertrauen. Essen oder trinken Sie alles im Hause ohne Furcht. Das einzige Gift, das vorhanden ist, habe ich Ihnen genannt. Es werden keine Tricks angewandt — das möchte ich noch einmal wiederholen. Jedenfalls ist es jetzt schon nach zehn Uhr.«

Sie schauten unwillkürlich auf die Uhr an der Wand. Die schwarzen Zeiger auf dem silbernen Zifferblatt zeigten auf zweiundzwanzig Minuten nach zehn. Die zwei Stunden, die vergangen waren, seit Sylvia das Blutrot ihres Glases betrachtet hatte und dabei erschauert war, schienen Ewigkeiten gewesen zu sein.

»Vor elf Uhr wird einer von Ihnen — nur einer, meine Freunde — tot sein.«

»Mein Gott!« Jason Osgood sank in sich zusammen. Sein Gesicht war kränklich grau.

»Und der erste von Ihnen, der sterben wird, ist derjenige, der das Leben am wenigsten verdient.«

Die Stimme schwieg. Sie saßen da — umgeben von düsterem, drohendem Schweigen. Schließlich stand Dr. Reid auf, um sich eine Zigarette zu holen.

»Das Schreckliche an dieser Sache ist, daß man hier gefangensitzt und zuschauen muß, wie alles geschieht«, sagte er. »Kann sich jemand einen Ausweg denken?« Sein Streichholz flammte auf.

»Wenn Sie mich fragen«, sagte Tim Slamon. »Ich werde nicht mehr lange Zeit haben, überhaupt an irgend etwas zu denken.«

»Tim, bitte!« bat Sylvia. »Wir müssen die Nerven behalten. Es muß doch einen Ausweg geben.«

Hank schaute auf die Gestalt in weißer Seide, auf die glatten Wellen ihres blaßgoldenen Haares und auf die ruhigen weißen Hände.

»Sylvia, Sie sind wunderbar«, sagte er. »Wenn ich die Selbstbeherrschung hätte, die Sie haben, würde ich mir nichts weiter wünschen.«

Sie lächelte.

»Danke, Hank.«

Peter stand auf, stellte sich vor das Radio und betrachtete gedankenvoll die Skala. Dann drehte er sich unvermittelt um.

»Es bleibt die Frage zu beantworten, wer von uns das Leben am wenigsten verdient«, sagte er.

5

Jason Osgood stand in der Mitte des Zimmers. Der schwarze und silberne Hintergrund, der vor zwei Stunden die Schnelligkeit und den Schwung des modernen Lebens symbolisiert hatte, schien jetzt die Illusion von Särgen und Kruzifixen zu schaffen.

»Warten Sie!« rief Osgood aus. Er schaute sich im Zimmer um. »... wer es am wenigsten verdient, zu leben«, wiederholte er, und für einen Augenblick ruhte sein Blick der Reihe nach auf jedem, als sei er bemüht, das Opfer herauszusuchen. Dann rieb er sich plötzlich die Hände. »Ach, Unsinn, wir werden noch verrückt, wenn wir länger darüber schwatzen.« Seine Entschlossenheit schien die anderen zu ermutigen. »Wir werden am Morgen alle tot sein, wenn wir diesen Verrückten nicht überlisten. Das scheint die düstere Wahrheit zu sein. Wenn wir also mit heiler Haut hier herauskommen wollen, müssen wir die Situation so logisch betrachten, wie es nur möglich ist.«

»Natürlich«, sagte Hank müde. »Sie haben recht. Aber mir ist nicht nach logischem Denken zumute.«

»Auch das stimmt.« Osgood rieb sich wieder die Hände. »Keiner von uns ist in der besten Verfassung. Aber ich kann wohl ohne Prahlerei sagen, daß ich früher schon in kritische Situationen geraten bin und sie gemeistert habe. Vielleicht kann ich uns jetzt allen behilflich sein.«

»Ich hoffe, Sie können das«, seufzte Hank. »Ich bin bereit, alles zu tun, was Sie sagen.«

Sylvia atmete tief ein.

»Ich glaube, wir sind alle dazu bereit. Jason weiß wahrscheinlich besser mit einer verrückten Situation fertig zu werden als jeder von uns. Zumindest scheint er seinen klaren Kopf bewahrt zu haben.«

»Sehr gut. Das Wichtigste scheint mir jetzt offensichtlich, festzustellen, wo wir stehen.«

»Am Rande des Grabes, schätze ich«, sagte Peter, als spräche er zu sich selbst.

»Dies ist nicht der richtige Zeitpunkt zum Scherzen«, verwies Osgood ihn ernst.

»Um Gottes willen, nein«, fügte Hank hinzu. »Ich bin ganz zitterig.«

»Wir befinden uns hier in einer Falle«, fuhr Osgood fort. »Und wir werden von einer körperlosen Stimme darüber informiert, daß innerhalb einer halben Stunde einer von uns getötet werden soll und die anderen später in der Nacht. Wenn wir lebend hier herauskommen wollen, müssen wir einen Menschen von diabolischer Intelligenz überlisten.«

»Ganz recht«, murmelte Dr. Reid und hob den Kopf.

Nach einem Augenblick senkte er die Augen wieder auf den Teppich und schien in Gedanken versunken. »Nach dem, was uns gesagt worden ist, nehme ich an, daß keiner von uns den Versuch wagen würde, diese Wohnung zu verlassen. Natürlich könnte uns dieser Irrsinnige belogen haben. Es kann sein, daß wir die Außentür öffnen und so leicht hinausgehen könnten, wie Hawkins uns hereingelassen hat. Aber keiner von uns will das riskieren. Ich würde es nicht tun, und ich würde auch keinen anderen bitten, es zu tun. — Also gut. Die Frage, die sich als erste ergibt, ist: Sind wir hier allein? Ich bin froh, daß diese armen Geschöpfe in der Küche außer Betracht bleiben. Es wäre immerhin möglich, daß sie sich selbst betäubt haben, um den Verdacht von sich abzulenken; aber sogar dann wären sie nur Mitschuldige. Der Mann, der die Absicht hat, uns das Leben zu nehmen, ist in diesem Augenblick sehr wachsam. — Falls wir nicht allein sind — falls die Person, die sich unser Gastgeber nennt, hier ist, sollten wir sie finden können. Wenn er wirklich von einer fernen Radiostation spricht, dann ist diese Wohnung voll schrecklicher Todesfallen, die dazu bestimmt sind, uns zu fangen, während die Nacht fortschreitet. Ich schlage vor, daß wir diesen Bungalow so sorgfältig durchsuchen, wie das nur möglich ist.«

»Wie wir es wagen, meinen Sie,« verbesserte ihn Peter.

»So ist es«, sagte Hank mit einem schiefen Lächeln. »Es mag sehr unsportlich klingen und so weiter, aber ich muß zugeben, daß meine Prüfung sehr vorsichtig sein wird.«

»Natürlich, natürlich«, stimmte Osgood hastig zu. »Aber ich glaube, wir sollten in jedes Zimmer gehen und sorgfältig nachschauen, ob es irgendeine Stelle gibt, an der sich eine Frau oder ein Mann verbergen könnte, und weiterhin nachschauen, ob irgend etwas — nun, außergewöhnlich zu sein scheint.«

Die Gäste hörten in fieberhafter Aufmerksamkeit zu. Die kleine Uhr an der Wand erschien ihnen als ein scharfes Messer, das die Sekunden ihrer Sicherheit Stück für Stück abschnitt.

»Wir haben zehn Minuten verschwendet«, sagte Osgood ungeduldig. »Sollen wir nicht lieber anfangen?«

»Selbstverständlich«, sagte Hank und stand auf. »Wollen Sie uns einteilen? Oder sollen wir hingehen, wo wir wollen?«

»Ich werde Sie einteilen.«

Osgood sah sie gedankenvoll an. Sie saßen steif auf den Rändern ihrer Stühle und Sessel und beobachteten einander mit schlecht verborgenem Mißtrauen. Es zeigte sich bei ihnen bereits jener primitive Drang der Selbstverteidigung, der sofort eine Atmosphäre von Feindseligkeit schafft.

»Hören Sie mir zu«, sagte Osgood scharf. »Wir müssen ehrlich sein miteinander. Diese geisterhafte Stimme ist bis jetzt alles, was wir zu bekämpfen haben. Er hat wahrscheinlich damit gerechnet, daß wir untereinander uneinig und dadurch eine leichtere Beute für ihn werden könnten. Jeder, der sich weigert, mit dem anderen zusammenzuarbeiten — weil er mißtrauisch oder zu sehr an seiner eigenen Sicherheit interessiert ist, um sich um die übrigen zu kümmern —, gefährdet sein eigenes Leben ebensosehr wie unser aller Leben.«

Er bemerkte, daß seine Worte Eindruck machten. Seine Zuhörer betrachteten ihn aufmerksam. Osgood war jetzt ruhiger, als er seit einer Stunde gewesen war. Er war Jason Osgood, ein Mann der Tat — ein Anführer, auf den man in jeder Bank in der Stadt hörte.

»Tim Slamon stellte beim Abendessen fest, daß einige von uns einige andere nicht leiden können. Wir müssen das vergessen. Wir müssen zusammenhalten. Hier ...« Er ging zu einer Tür zu seiner Linken und öffnete sie, ein Schlafzimmer war zu sehen. »Sylvia, möchten Sie und Jean dieses Schlafzimmer und das Bad dort durchsuchen?«

»Wenn das Badezimmer wie andere ist, wird es voller Schränkchen und solcher Dinge sein«, warf Hank ein. »Und ich meine, jemand sollte das Badezimmer als besondere Aufgabe bekommen. Warum nicht Margaret. Es hat keinen Sinn, die Frauen hinauszuschicken, um das Ding auf dem Dachgarten zu untersuchen — Sie wissen schon.«

»In Ordnung«, stimmte Margaret zu. »Ich übernehme das Bad. Danke, Hank. Ich bin bereit, alles zum allgemeinen Wohl beizutragen. Aber ich fühle mich doch wohler im Innern des Bungalows, wo alle am Leben sind.«

»Das allgemeine Wohl«, wiederholte Hank mit einem Grinsen. »Das ist ein Werbespruch. Sogar Dr. Reid muß Kommunist werden.«

Dr. Reid starrte plötzlich wild um sich. Es sah aus, als bräche die Kluft zwischen ihnen wieder auf. Osgood, der offensichtlich gegen die Zeit kämpfte, machte eine ungeduldige Geste.

»Kommt, kommt! Der Eingang ist jetzt an der Reihe.«

»Ich übernehme ihn«, sagte Hank. »Wer kommt mit mir?«

»Ich«, sagte Peter.

»Sie beide übernehmen den Eingangsweg diesseits der Palmen«, sagte Osgood. »Nun sollten mehrere von uns den Dachgarten inspizieren. Es ist dort dunkel, und wir wollen eine so sorgfältige Suche machen, wie es in der kurzen Zeit, die uns zur Verfügung steht, nur möglich ist. Dr. Reid und Tim, wollen Sie den Dachgarten übernehmen? Ich nehme die Küche. Prüfen Sie alles so sorgfältig wie möglich, ohne ein Risiko einzugehen. Versuchen Sie sich ein geistiges Bild von dem zu machen, was Sie sehen. Sie haben nur zehn Minuten Zeit. Ich werde Sie dann um Ihre Berichte bitten. Sind Sie bereit?«

»Aber Sie haben dieses Zimmer hier keinem übergeben«, widersprach Sylvia.

»Ich übernehme es selbst«, sagte Osgood. »Dieses Zimmer und die Küche.«

Sie nickte, und sie trennten sich, seinen Angaben gemäß.

»Lassen Sie mich diese verrückt gebauten Schränke untersuchen«, sagte Sylvia, als sie des Schwelle des Schlafzimmers überschritt. »Schauen Sie nach elektrischen Fallen nahe am Boden, Jean. Außer denen an den äußeren Türen könnten noch viele davon vorhanden sein. Jedenfalls muß man auch damit rechnen.«

»Schon gut«, sagte Jean beruhigend. »Ich werde nicht vom Rand des Teppichs heruntergehen.«

Osgood ging in das Eßzimmer. Er öffnete einen Schrank, fand eine Whiskyflasche und schenkte sich ein Glas ein. Dann, indem er sich bemühte, gemächlich zu gehen, schlenderte er in das Vorderzimmer zurück und schaute sich auffällig um. Durch die offene Tür sah er Hank und Peter die Fliesen am Ende des Eingangsweges prüfen. Er ging zur Tür des Schlafzimmers und tat so, als ob er das Schloß untersuchte. »Macht es Ihnen etwas aus, wenn ich es eine Minute schließe?« fragte er. »Ich möchte feststellen, wie die Klinke funktioniert.«

»Nur zu!« rief Sylvia. »Die Stimme hat keine Kleider, Jean. In den Schränken ist nichts als Krimskrams.«

Osgood schloß die Tür mit einstudierter Bedächtigkeit. Als sie ins Schloß fiel, sprang er förmlich auf das Radio zu. Die wertvollen Momente des Alleinseins waren knapp.

»Können Sie mich hören?« flüsterte er in heiserem Zischton auf die Sendeskala hin. »Hier ist Jason Osgood. Ich bin allein im Zimmer. Können Sie mich hören? Schnell — antworten Sie! Können Sie mich hören?«

Er ließ sich auf die Knie sinken, um den Eindruck zu erwecken, als untersuchte er die Truhe, falls er von einem der anderen gestört werden sollte.

»Hören Sie mir zu! Ich bin Jason Osgood. Sie sagen, daß Sie mich heute nacht töten werden. Aber Sie werden es nicht tun. Verstehen Sie? Töten Sie jeden, den Sie wollen, aber Sie können mich nicht töten. Ich werde es so einrichten, daß Sie froh sind, mich nicht getötet zu haben. Geben Sie mir ein Zeichen, daß Sie da sind — antworten Sie mir irgendwie, falls Sie da sind. Nur ein Wort — ein Flüstern. Ich kann Sie hören.«

Ein Augenblick schrecklicher Spannung folgte, während er seine Ohren anstrengte, um irgendeinen schwachen Laut zu hören. Aber das Radio war still. »Sie verstehen mich nicht. Ich drohe Ihnen nicht — ich biete Ihnen einen Vertrag an. Töten Sie jeden, den Sie wollen. Ich schwöre, daß ich Sie nicht verraten werde. Aber lassen Sie mich am Leben. Können Sie mich hören? Wollen Sie einen Vergleich mit mir schließen?«

Wieder lauschte er. Das Radio war still. Osgood erschauerte; die Adern traten wie Schnüre an seiner Stirn hervor.

»Hören Sie mir zu, Sie Narr! Ich will jetzt nicht sterben

— ich *kann* jetzt nicht sterben. Wollen Sie eine halbe Million Dollar für mein Leben haben? Sie können ohne weiteres antworten. Es ist außer mir niemand im Zimmer. Eine halbe Million Dollar, die für Sie hinterlegt werden, wo Sie wollen. Warum sollten Sie mich töten wollen? Habe ich Sie je beleidigt? Wenn es so ist, dann sagen Sie es mir. Sagen Sie es mir, und ich will es tausendmal wiedergutmachen. Sprechen Sie zu mir — reden Sie, in Gottes Namen! Sie können alle übrigen töten — ich will Ihnen nicht Ihr Fest verderben. Ich werde mich draußen in der Küche selbst betäuben, wenn Sie mir sagen, wo Sie das Zeug versteckt halten, und ich werde nichts sehen — antworten Sie mir!«

Schweigen.

»Eine Million! Also zwei Millionen — drei! Drei Millionen Dollar in gut verkäuflichen Wertpapieren — oder Bargeld, so schnell ich es auftreiben kann — drei Millionen Dollar, und ich werde nie versuchen, herauszufinden, wer Sie sind. Ich schwöre es!«

Stille.

»Drei Millionen — wenn Sie mich am Leben lassen. Wenn Sie wirklich soviel über mich wissen, wie es den Anschein hat, dann können Sie zu jeder Stunde dieser Nacht in meine Bank kommen. Sie können mich mit einer Waffe in Schach halten, bis ich Ihnen drei Millionen in sicheren Wertpapieren gegeben habe. Falls Ihnen dieser Plan nicht gefällt, bringen Sie mich nach Hause. Ich kann mir meine Kassette dorthin bringen lassen. Ich werde Sie auszahlen — Ihnen drei Millionen Dollar geben — ich will alles tun, aber schonen Sie mein Leben. Ich werde Ihnen heute nacht helfen; ich tue, was Sie verlangen, wenn Sie mir nur sagen, daß ich noch leben werde, wenn die anderen schon tot sind. Sprechen Sie: können Sie mich hören?«

Seine Hände krampften sich über dem Rand des Teppichs zusammen; sein ganzer Körper zitterte.

»Falls Sie kein Geld haben wollen — falls Sie fürchten, daß ich kein ehrliches Spiel mit Ihnen treibe —, dann werde ich Ihnen jetzt verraten, daß sich eine Interessentengruppe gebildet hat, die die Baumwollpreise in die Höhe treiben wird. Am fünfundzwanzigsten wird das sein. Sie können reich werden. Wollen Sie diese Chance ergreifen?«

Keine Antwort. Die Stimmen draußen kamen näher und warnten ihn, daß er unterbrochen werden könnte. Seine eigene Stimme wurde leiser.

»Lassen Sie mich heute nacht Ihr Partner sein! Ich werde dafür sorgen, daß jeder von den anderen Ihre Herausforderung annimmt und ausgelöscht wird. Ich werde für Sie töten, wenn Sie das möchten. Verwunden Sie mich, falls Sie das wollen. Tun Sie so, als wäre Ihnen etwas mißglückt. Das wird das Mißtrauen abschwächen. Und nach der heutigen Nacht werde ich Sie reich machen — ich schwöre es Ihnen. Sprechen Sie schnell, bevor die anderen zurückkommen. Sprechen Sie, um Gottes willen!«

Schweigen.

»Sie können mich nicht hören, nicht wahr? Sie sind nicht dort. Kein Mensch ist so aufs Töten aus, daß ihn drei Millionen Dollar nicht in Versuchung bringen würden. Drei Millionen gute Dollars! Mann, hören Sie doch zu! Drei Millionen ...«

Sein ganzer Körper zitterte. Er rückte näher an das Radio heran.

»Ich lasse Sie alle anderen töten. *Antworten Sie mir doch.* Beeilen Sie sich!«

Das Radio war still. Von draußen konnte Osgood das schwache Gemurmel von Stimmen hören.

»Sie hören mich nicht! — Sie sind nicht da!«

Schweigen.

Ein plötzliches Begreifen schien über ihn zu kommen. Seine Kiefermuskeln härteten sich.

Er richtete sich auf. Mit furchtsamer Vorsicht ging er

durch das Eßzimmer und betrat die Küche. Zitternd vor Schrecken sah er Hawkins und die Bedienungen in ihrer furchtbaren Erstarrung zusammengesunken in den Stühlen kauern. Mit zitternder Hand öffnete er den Wandschrank und schaute die Flaschen mit Soßen an. Kalter Schweiß brach aus seiner Haut, und seine Augen waren weit aufgerissen. Da war es — so wie die Stimme gesagt hatte. An der einen Seite stand die Flasche, deren Silberumhüllung zu einem Kranz von ineinander verflochtenen Ranken geformt war.

Er nahm sie aus dem Fach. Seine Hände zitterten. Die Flasche hatte einen Schraubverschluß, der mit drei schwarzen Trauben aus Ebenholz in natürlicher Größe verziert war. Mit verzweifelter Anstrengung drehte er den Verschluß auf. Er bewegte sich nicht. Noch einmal drehte er. Der Verschluß gab nach. Er nahm ihn ab. Er fiel aus seiner Hand auf den Tisch. Bei dem Laut fuhr er zusammen.

Er hob die Flasche und roch vorsichtig daran.

Die acht Cocktailgläser, die beim Abendessen benutzt worden waren, standen auf einem Tablett am Ende des Tisches. Es waren Spirituosen da — wie der Gastgeber gesagt hatte. Mit unsicherer Hand schüttete Osgood die acht Gläser voll. Bei sieben Gläsern fügte er Blausäure hinzu. Dann stellte er die Flasche in das Fach zurück, wischte sie sorgfältig ab, um Fingerabdrücke zu entfernen, und schloß die Schranktür.

Sich mühsam zur Ruhe zwingend, trug er das Tablett ins Vorderzimmer. Als er es absetzte, hörte er die Stimmen draußen, und er lächelte grimmig. Ganz gleich, wer hinter all dem stecken mochte, er würde sich überlistet finden. Der Tod von sechs unschuldigen Menschen war ein kleiner Preis, den man ohne weiteres für den Tod des einen zahlen konnte, der vorgehabt hatte, Jason Osgood zu töten.

Die schwarzen Zeiger auf der Silberuhr waren inzwischen bis auf zehn Minuten vor elf geglitten. Osgood ging zur Tür des Schlafzimmers und öffnete sie. Jean kauerte noch auf den Knien und untersuchte den Boden; Sylvia stand vor einem Schrank aus dem zwei Schubfächer herausgezogen waren.

»Hier ist nichts Verdächtiges zu finden«, sagte Sylvia, als sie ihn sah. »Sollen wir Ihnen berichten kommen?«

»Ich glaube, wir sollten lieber warten, bis alle zusammen sind«, sagte Osgood.

Margaret kam aus dem Badezimmer.

»Sehr viele Luxusseifen und Jod und antiseptische Mittel und Heftpflaster«, sagte sie. »Aber ich kann nichts finden, was lebensgefährlich aussieht.«

Osgood ging zur Tür und rief die anderen, die auf dem Dachgarten waren.

»Wie Sie sehen, es ist nahezu elf Uhr«, sagte er, als sie wieder alle zusammen waren. »Falls unser Gastgeber sein Wort hält, wird er versuchen, um elf Uhr irgendeinen Coup zu starten. Und es erscheint mir am besten, wenn wir zusammenbleiben.«

»Wollen Sie jetzt unseren Bericht haben?« fragte Tim. »Wir haben einen gräßlichen Fund gemacht.« Osgood war so mit seinen eigenen Plänen beschäftigt, daß er nicht darauf einging.

»Schon gut«, sagte er. »Wir werden uns gleich mit diesen Dingen beschäftigen. Zuerst ...«

»Haben Sie Drinks gemischt?« fragte Hank und warf einen Blick auf das Tablett mit den Gläsern.

»Das ist sehr nett von Ihnen.«

»Oh, ja — ich hätte das beinahe vergessen«, sagte Osgood in gut gespielter Gleichgültigkeit. »Während ich die Sachen in der Küche durchstöberte, stieß ich auch auf Spirituosen, von denen unser Gastgeber gesprochen hat, und ich dachte mir, wir könnten so etwas brauchen.«

»Eine großartige Idee«, sagte Hank. »Wenn ich je einen Drink brauchte — dann jetzt.«

»Wir brauchen alle einen«, sagte Sylvia.

Osgood nahm vorsichtig sein eigenes Glas von dem Tablett und hielt es mit einem Lächeln empor, von dem er hoffte, daß es fröhlich wirkte. Hank nahm ein anderes Glas und reichte es Jean hin. Die anderen Gäste nahmen ihre Gläser.

»Also …«, sagte Hank, »trinken wir darauf, daß wir alle hübsche Grabsteine haben werden.« Er hob bedächtig sein Glas.

»Nicht trinken!« ertönte ein scharfes Kommando aus dem Radio.

»Was — was?« sagte Peter.

Mit den Gläsern in den erhobenen Händen hielten sie alle inne. Plötzlich, wie von einem gemeinsamen Impuls bewegt, schauten sie Jason Osgood an. Er stand ganz still da und starrte mit leerem Blick in den Raum. Sein Gesicht hatte einen ekelhaft grünlichen Schimmer angenommen. Ein Ausruf des Entsetzens erstarb auf Jeans Lippen, als die Stimme des Gastgebers wieder sprach.

»Es freut mich sehr, Ihnen mitteilen zu dürfen, meine Freunde, daß Mr. Jason Osgood von den Vereinigten Banken innerhalb von drei Minuten tot sein wird«, sagte er mit seiner kühlen Ruhe.

Jean sprang mit einem Schrei auf. Die anderen starrten wie gebannt auf Osgood. Dann ging Dr. Reid plötzlich auf ihn los.

»Jason!« rief er. »Jason!«

Mit einer gebieterischen Handbewegung winkte Sylvia Dr. Reid zurück.

»Berühren Sie ihn nicht«, sagte sie fast flüsternd.

Osgood mit seinem ausdruckslosen Gesicht und den starren Augen schien nichts zu bemerken. Das Glas fiel aus seiner Hand, und der Inhalt bildete einen dunklen Fleck auf dem Teppich. Die Gäste starrten Osgood in sprachlosem Entsetzen an. Es war so, als ob sie ihn vor ihren Augen auseinanderfallen sähen. Sein Unterkiefer sank herab; seine Augen traten gräßlich hervor. Dann schien sein ganzer Körper von Schüttelfrost befallen zu werden, und er fiel in einen Sessel.

»Er ist — tot«, flüsterte Tim heiser.

»Tot«, wiederholte Dr. Reid sinnlos.

»Der erste von uns«, sagte Peter.

»Ich wußte es!« Tim schrie es fast. »Ich wußte es — als ich jene Särge sah — ich wußte, daß wir sie benutzen würden.«

»Särge?« wiederholte Margaret. »Tim — was für Särge?« Sie packte wütend seinen Arm. »Was für Särge, Tim?«

»Auf dem Dachgarten«, antwortete er und sank in seinen Stuhl zurück. »Acht Särge stehen dort.«

»Um Himmels willen«, flüsterte Sylvia.

»Meine Freunde«, sagte die Stimme des Gastgebers.

»Du verrückter, quakender Teufel!« schrie Tim und sprang auf das Radio los.

Hank packte seinen Arm.

»Berühren Sie das Ding nicht, Tim!«

Die Stimme sprach ruhig weiter, und die Gäste wandten sich fast erleichtert von dem angeschwollenen, entstellten Gesicht auf dem Sessel ab. Margaret bedeckte ihr Gesicht mit den Händen.

»Ich glaube, ich werde sterben, bevor er mich töten kann«, sagte sie.

»Meine Freunde«, sagte die Stimme des Gastgebers. »Ich glaube, daß ich die erste Runde unseres Spieles gewonnen habe.«

Mit einem spöttischen Klingen schlug die kleine Uhr in der Ecke elfmal.

6

Sie standen einen Augenblick wie erstarrt vor dem unglaublichen Schrecken, den dieser Raum für sie enthielt. Dann wischte Dr. Reid mit der Hand über seine Augen, als wollte er einen Schleier wegschieben.

»Er war einer von meinen besten Freunden«, sagte er mit leiser Stimme. »Es gibt nicht viele Männer von seiner Art in der Welt.«

»Es scheint nicht möglich zu sein«, sagte Margaret müde. »Ich kann es einfach nicht begreifen. Jason Osgood — er war der lebendigste Mann, den ich kannte.«

»Müssen — müssen wir ihn immer anschauen?« Jean schrie fast. »Tut diesen Sessel irgendwohin — bitte —« Mit einer schnellen Bewegung drehte Hank den Sessel um, so daß dessen Rückenlehne zwischen ihr und dem zusammengesunkenen Körper war. Peter griff mit unsicherer Hand nach einer Zigarette.

»Können — äh, können wir ihn nicht irgendwohin schaffen?« fragte er.

»Wir sollten ihn unberührt lassen ...« begann Sylvia. Aber Hank sprang mit einem wilden Ausruf auf.

»Den Toten hierlassen? Sylvia, wollen Sie uns alle zum Wahnsinn treiben? Sie können Ihre Gesetzesvorschriften bei Leuten anwenden, die nicht dicht vor dem Verrücktwerden stehen. Wir werden diesen Körper irgendwo außer Sicht tun.«

»In einen Sarg«, sagte Tim benommen. »Jene Särge — Sie wissen ja — für jeden von uns einen — ich habe sie gesehen — wenn wir alle so ermordet sind ...«

Der Gong ertönte dreimal aus dem Radio. Sie drehten sich mit einer Art eifriger Erleichterung um.

»In der Erkenntnis, daß die Anwesenheit einer Leiche wahrscheinlich den Genuß unseres Abends trüben würde, und von dem Wunsch beseelt, Ihnen Ihre letzten Stunden so unterhaltsam wie möglich zu machen, habe ich einen Platz für die Besiegten vorbereitet — einen Platz unter Palmen und dem Himmel, einen Platz, wo die Echos unseres Spieles nicht gehört werden können. Auf dem Dachgarten, halb verborgen von einer Palmengruppe, werden Sie acht wunderbar ausgestattete Särge finden.«

»Särge?« wiederholte Hank einfältig.

»Sie sind in Schwarz und Silber gehalten«, sagte die Stimme des Gastgebers.

»Oh, mein Gott«, stieß Dr. Reid hervor. »Ich habe sie gesehen — acht Särge.«

»Jemand hat Jason ermordet«, sagte Margaret plötzlich. »Jemand hat Jason ermordet. Aber wer?«

»Ich glaube, ich weiß es«, rief Dr. Reid aus. »Jason war ein Freund von mir — ein sehr lieber Freund, und ich habe nicht vor, seinen Mörder ungestraft davonkommen zu lassen.«

Seine Stimme war ruhig, und seine Blicke glitten schnell über die Gesichter. Plötzlich sprang er förmlich vom Sessel auf und richtete seinen Zeigefinger auf Tim Slamon.

»Sie!« schrie er mit einer Stimme, die vor Wut und Furcht bebte. »Sie haben ihn gehaßt! Sie haben seit Jahren versucht, ihn aus dem Wege zu schaffen — und jetzt ist es Ihnen gelungen.«

»Dr. Reid!« rief Hank, als Tim mit einer zornigen Bewegung seines großen Körpers Dr. Reid den Rücken zuwandte.

»Sie wissen, daß Sie nicht die Wahrheit sagen«, sagte Sylvia ruhig.

»Sie wissen, daß ich es doch tue«, erwiderte Dr. Reid wütend. »Sie wissen ...«

»Sie können nicht leugnen, daß Sie ihn gehaßt haben, Tim«, sagte Margaret. »Wir wissen das.«

Tim drehte sich um, und seine geballten Fäuste entspannten sich, als er den warnenden Griff von Sylvias Hand spürte.

»Ja, ich habe ihn gehaßt«, sagte er. »Aber ich habe ihn nicht getötet. Sie können mich dessen beschuldigen, wenn Sie mögen. Aber es ist klar genug zu erkennen, daß ich es nicht getan haben könnte. Ich habe ihn nicht einmal berührt.«

»Natürlich könnte Tim ihn nicht getötet haben«, sagte Peter. »Tim war die ganze Zeit über, als Osgood hier allein war, mit Ihnen auf dem Dachgarten.«

»Ich glaube, Dr. Reid, der Schock über den plötzlichen Tod Ihres Freundes hat Ihnen für den Augenblick die Vernunft geraubt«, sagte Sylvia. »Und ich bin sicher, daß Tim vergessen wird, was Sie gesagt haben.«

Dr. Reid stand ganz still da und antwortete nicht. Sein Blick war auf Tim gerichtet, der sich mit großer Bedächtigkeit eine neue Zigarette anzündete. Dann sprach Tim.

»Ob Sie sich entschuldigen oder nicht, Dr. Reid«, sagte er. »Ich werde nicht meinem Impuls folgen und Sie niederschlagen. Ich weiß nichts darüber, wie Jason Osgood seinen Tod fand. Seit ich ein paar Minuten vor dem Abendessen mit ihm gesprochen habe, bin ich nicht mehr in seiner Nähe gewesen.«

»Mr. Slamon«, sagte Dr. Reid mit einer Art wilder Ruhe. »Ich entschuldige mich nicht, und ich glaube, was ich gesagt habe. Sie haben recht, wenn Sie sagen, ich könnte nicht beweisen, daß Sie Jason Osgood getötet haben. Aber ich weiß — und alle anderen hier wissen es auch —, daß Sie und Jason Osgood einander seit Jahren sowohl beruflich wie persönlich gehaßt haben. Wir wissen, daß Ihre Rivalität im Laufe der Zeit immer ernster geworden ist, und wir wissen, daß sein Tod Ihnen und Ihrer Clique die Kontrolle über das politische Leben von New Orleans gibt. Sie und Miss Sylvia Ingleby und Ihre Freunde werden in Zukunft ungehindert die Korruptionsgewinne der Stadtverwaltung einstecken können. Ich möchte in Anwesenheit dieser Zeugen wiederholen, daß ich Sie für den Tod von Jason Osgood verantwortlich mache, obwohl ich nicht weiß, wie es geschehen ist. Sie sind der einzige, für den der Tod von Osgood die Beseitigung des letzten Hindernisses auf Ihrem Pfad bedeutet.«

»Seien Sie vorsichig, Dr. Reid!« rief Peter mit warnender Stimme.

»Warum töten Sie ihn nicht, Tim?« fragte Hank.

»Weil ich in langer und schwerer Erfahrung gelernt habe, wann ich meine Beherrschung bewahren muß«, sagte Tim langsam. »Dr. Reid benimmt sich wie ein Narr. Ich möchte ihm nur gern sagen, daß sich mir bei seiner Hast, den Tod von Jason Osgood der ersten möglichen Person zuzuschieben, eine Frage aufdrängt. Will er vielleicht den Verdacht von sich selbst ablenken? Und falls er darüber Bescheid weiß, wäre ich ihm dankbar, wenn er die Vordertür aufschließen würde.«

»Sind wir alle ganz verrückt geworden?« rief Peter aus.

Im nächsten Moment erfüllte ein Durcheinander von ärgerlichen, furchtsamen Worten den Raum und steigerte ich bis zu einem wirren Crescendo. Plötzlich tönte die Stimme des Gastgebers — ruhig und tonlos wie zuvor — durch den Lärm.

»Meine Freunde ...«

Wie in einem gemeinsamen Impuls wichen sie vom Radio zurück, als hätte es sie bedroht.

»Meine Freunde, ich bitte Sie, sich zu beruhigen. Keiner von Ihnen trägt die Schuld am Tode dieses Mannes. Ich sagte Ihnen vor kurzer Zeit, daß jeder von Ihnen heute nacht selbst an seinem Tode schuld sein würde. Jason Osgood, und nur er allein, verursachte den Tod von Jason Osgood.«

»Aber das ist doch verrückt!« rief Sylvia.

»Meine Freunde, ich sagte Ihnen, daß derjenige von Ihnen als erster sterben würde, der das Leben am wenigsten verdiente. Ich habe mein Versprechen gehalten. — Die Drinks, die Ihnen vor wenigen Minuten angeboten worden sind, wurden nicht aus Freundlichkeit angeboten. Diese Drinks sollten Sie töten.«

Eine Pause trat ein, und ein leises Knacken war zu hören. Der Raum schien von einem stickigen Schweigen erfüllt zu sein.

»Der Gast, der Ihnen diese Drinks anbot, war Ihrer Gesellschaft nicht würdig. Ich habe vor wenigen Minuten erklärt, daß jemand, der an unserem Spiel heute nacht nicht teilzunehmen wünscht, eine Fluchtmöglichkeit in Form eines Giftes vorfinden würde. Die Flasche mit Blausäure stand bereit, um seiner Feigheit Vorschub zu leisten. Doch sie war für den Selbstmord bestimmt und nicht für den Mord. Der Gast, der Ihnen diese Drinks anbot, war so feig, daß die Furcht seinen Verstand überwältigte. Er war von der fixen Idee besessen, daß einer von Ihnen mit mir unter einer Decke stecken müßte und daß er — indem er seine Mitgäste aus dem Wettstreit ausschloß, die Grundlage für unser Spiel zerstört hätte und ohne Behinderung selbst entfliehen könnte. Indem er sich einige Minuten des Alleinseins sicherte, bereitete er also diese Drinks vor und vergiftete sieben davon. Diese Drinks — ich bedauere, das sagen zu müssen — waren für Sie bestimmt. — Obwohl er sich selbst hätte das Leben nehmen können, ohne daß ich ihn daran gehindert hätte, konnte ich nicht erlauben, daß er meinen anderen Gästen das Leben nimmt. Ich habe Sie also rechtzeitig gewarnt. Er hat kein Leben genommen außer seinem eigenen.«

»Aber er hat doch nichts getrunken!« rief Hank aus und starrte verwirrt auf die Radiotruhe.

»Er hat nichts getrunken«, sagte die Stimme des Gastgebers ruhig. »Aber der Flakon war so präpariert, daß er die doppelte Gewißheit des Selbstmordes gab, falls einer von Ihnen diesen Fluchtweg wählen sollte. Der Verschluß mit den Weintrauben spritzt Bleitetraäthyl durch eine sinnreich konstruierte Spritzanlage aus. Der Verschluß sitzt fest, und bei dem Versuch, ihn aufzuschrauben, hat Jason sich an verschiedenen Stellen leicht in die Hand gestochen, und der Druck hat das Gift in sein Blut gelenkt. Bleitetraäthyl ist ein bekannt schnell wirkendes Gift. Diese Vorsichtsmaßregel wurde mit Bedacht getroffen, meine Freunde. Falls einer von Ihnen den Verschluß in der Absicht abschrauben würde, das Gift zu trinken, hätte er keinen Grund gehabt, sich zu beklagen, denn der Eintritt des anderen Giftes in sein Blut hätte seinen Tod nur noch beschleunigt. Aber ich hatte alles so vorbereitet, daß jeder, der die Flasche aus einem anderen Grunde als zur Verübung von Selbstmord öffnete, nicht unser Spiel vereiteln könnte. Ich glaube, meine Freunde, Sie werden mit mir darin übereinstimmen, daß unser verstorbener Mitgast die Ursache seines eigenen Todes war. Ich glaube, Sie werden mit mir auch darin übereinstimmen, daß derjenige aus unserer Gesellschaft als erster gestorben ist, der das Leben am wenigsten verdiente.«

»Das alles hier geht mir über den Verstand«, sagte Margaret dumpf und ließ sich matt in einen Sessel sinken.

»Aber es ist offensichtlich geschehen«, sagte Peter mit einem verzerrten Lächeln.

Er hob eines von den Gläsern und roch vorsichtig daran.

»Es stimmt: Blausäure. Es ist sogar hier zu riechen. Er muß eine starke Dosis für uns alle vorbereitet haben.«

Dr. Reid setzte sich unbehaglich nieder.

»Mister Slamon«, sagte er traurig, »ich entschuldige mich für das, was ich gesagt habe. Ich hätte das Zeug auch getrunken.«

»Es ist schon in Ordnung«, sagte Tim.

»Bitte, schaffen Sie ihn irgendwohin«, bat Jean.

»Ja«, sagte Hank. »Schaffen wir Osgood hier heraus.«

»Wir könnten ebensogut einen von den Särgen dazu benutzen«, sagte Tim.

»Ja«, sagte Sylvia. »Tun Sie es bitte. Es ist schrecklich, aber ...«

»Ich werde tragen helfen«, bot Peter an. »Falls jemand mit mir kommen will.«

»Ich glaube, wir haben jetzt gelernt, daß wir beisammenbleiben müssen«, sagte Sylvia ruhig.

»Das ist wahr«, stimmte Hank zu.

»Wir sind mehr oder weniger in Sichtweite voneinander gewesen«, sagte Peter. »Ich sah Osgood in die Küche gehen und mit dem Tablett mit Gläsern zurückkommen. Aber ich hätte mir nie träumen lassen ...«

»Natürlich nicht«, sagte Tim. »Aber Sie haben nicht gesehen, wie er das Gift in die Gläser tat. Ich werde helfen, diesen Körper hinauszutragen, Peter, und die übrigen bleiben inzwischen in Sicht.«

Jean erschauerte und hielt sich an Margarets Schulter fest, wie um Schutz zu suchen, als Peter und Tim die schwere Last hoben, die Jason Osgood gewesen war. Hank öffnete die Tür, die auf den Dachgarten führte. Die Gäste beobachteten, wie die Leiche hinaus und hinter die Palmen getragen wurde.

»Dort sind sie — jene Särge«, murmelte Tim.

Sie waren dort — halb verborgen von den Palmwedeln — acht Särge, die wie Verpackungskisten nebeneinandergelegt waren. Eine von den Palmen im Kübel lag auf der Seite, so wie Tim sie im Schreck über seine Entdeckung umgeworfen hatte. Auf den Fliesen in der Nähe lag der unbekannte tote Mann, auf dessen Gesicht ein Lichtschein fiel.

Margaret erschauerte und bedeckte ihr Gesicht mit den Händen. Jean lehnte sich gegen die Wand, als könnte sie nicht mehr stehen. Das Gelehrtengesicht von Dr. Reid sah wie eine Totenmaske aus. Sylvia stand in seiner Nähe. Sie hatte die Hände vor der Brust zusammengepreßt, als wollte sie verhindern, daß sie zitterten.

Hank stand am Rande der grausigen Versammlung und zündete ein Streichholz an, als Peter und Tim den Körper hinabsenkten und an den Platz legten, den ihr Gastgeber dazu bestimmt hatte. Tim richtete sich auf und starrte auf das Gesicht des Toten, der auf den Fliesen lag.

»Sollten wir den da nicht auch außer Sicht schaffen, Peter?« schlug er heiser vor.

Peters Hände krampften sich zusammen und lösten sich voneinander.

»Ja«, sagte er.

Schweigend hoben sie den Körper auf und senkten ihn in einen Sarg. Peter zog den Deckel mit zitternder Hand zu.

»Gehen wir hinein«, sagte Dr. Reid mit unirdisch klingender Stimme.

Sie rannten förmlich ins Zimmer und warfen die Tür hinter sich zu.

»Was sollen wir jetzt tun?« stieß Margaret hervor.

»Wir wollen uns erst einmal setzen«, sagte Hank bestimmt. »Und dann wollen wir versuchen, eine Lösung für das Verbrechen zu finden.«

»Außerdem müssen wir auch versuchen, Mittel und Wege zu finden, uns übrige zu retten«, fügte Peter hinzu. »Wir sind alle für den Tod vorgemerkt.«

»Setzen Sie sich hierher, Jean«, sagte Hank sanft und führte sie zu dem Sofa.

Er zog Sessel für Sylvia und Margaret heran und nahm das Tablett mit den vergifteten Drinks auf.

»Ich werde das Zeug hinausbringen«, sagte er mit kratzig klingender Stimme. »Es sei denn ...«, er zögerte, »hier ist jemand, der das nicht aushalten kann.«

Sie starrten ihn an, wie er vor dem Radio stand und Gift auf einem Silbertablett anbot, als hätte die Stimme plötzlich Gestalt angenommen und wäre aus der Truhe getreten. Er stand einen Augenblick da und schaute sie an. Margaret saß auf einer Seite in einem gepolsterten Lehnstuhl mit hohem Rücken. Sie hatte eine Hand fest um ihre Schnur von schwarzen Perlen gelegt; über dem Samtkleid war ihr Gesicht so grau wie das Gesicht einer Leiche. Sylvia saß nahe bei Tim. Eine Hand hatte sie auf sein Knie gelegt, und ihre seegrünen Augen waren nicht auf die Gläser mit Gift, sondern auf Tim gerichtet, als fürchtete sie, er könnte jeden Augenblick der Verlockung der gebotenen Fluchtmöglichkeit erliegen. Aber Tim, der Hank fest anschaute, bewegte sich nicht. Dr. Reid schaute zu Boden. Peter stand in seiner Nähe, und seine Hände waren um die Rückenlehne von Dr. Reids Sessel geklammert. Auf dem Sofa saß Jean, in ihrem malvenfarbigen Kleid, ruhig, aber es war ein Schimmer von Verachtung in dem Blick, mit dem sie das Gift auf dem Tablett betrachtete.

»Ich werde es einfach hinauswerfen«, sagte Hank.

Er ging zu einem Fenster, schob es hinauf und leerte das Tablett auf den Dachgarten.

Die Gläser klirrten und zerbrachen auf den Steinen. Hank schloß das Fenster.

»Es gibt genug anständigen Schnaps«, fügte er hinzu. »Falls jemand einen Drink haben möchte.«

Dr. Reid schaute auf.

»Ich frage mich, ob wir uns darauf verlassen können«, sagte er.

»Wir haben schon etwas getrunken«, sagte Peter. »Und dieser Gastgeber — was er auch sonst getan haben mag — hat uns bisher nicht zum Narren gehalten. Er hat uns vor allen Gefahren gewarnt, denen wir begegnet sind.«

»Dann würde ich also vorschlagen, daß jeder von uns die Vorsichtsmaßregel ergreift, sich selbst seinen Drink einzugießen«, sagte Dr. Reid.

»Ich nehme an, Sie haben recht«, stimmte Peter mit einem Schulterzucken zu.

Hank schenkte sich nervös ein Glas Rum ein und leerte es auf einen Zug.

»Falls noch jemand einen wünscht«, sagte er trocken. »Hier ist er. Es sind gute Schnäpse, und wir brauchen sie alle.«

Er durchquerte das Zimmer und stellte sich vor die anderen hin.

»Hören Sie zu«, sagte er kurz. »Wir sind hier, und man hat uns gesagt, wir würden sterben. Natürlich möchte jeder zuerst für seine eigene Sicherheit sorgen, aber die schreckliche Lektion, die wir eben erteilt bekamen, sollte uns gelehrt haben, daß es uns dem Unhold gegenüber, der uns hier gefangenhält, nicht gestattet ist, mit irgendwelchen Tricks zu arbeiten. Ich habe die Idee, daß wir der Sache auf den Grund kommen und unser Leben retten können, wenn wir in all diesem Schrecken einen klaren Kopf behalten können. — *Was ist das?*«

Aus dem Radio kam ein Laut — der Ton eines Gongs. Sie beugten sich vor. Noch einmal ertönte der Gong, und dann zum dritten Mal.

»Der nächste aus Ihrer Gesellschaft, der sterben soll«, sagte die langsame, tonlose Stimme ihres Gastgebers, »wird tot sein, bevor die Uhr zwölf schlägt.«

»Sprechen Sie weiter, Hank!« rief Peter. »Reden Sie weiter, falls Sie eine Idee im Kopf haben! Ich versuche, ruhig zu bleiben, aber ich scheine nicht mehr denken zu können. Sprechen Sie weiter, wenn Sie auch nur den Funken von einer Idee haben, wie wir hier herauskommen könnten.«

»Vielleicht können wir herausfinden, wer dahintersteckt«, sagte Sylvia. »Falls wir logisch denken können. Falls wir denken können«, wiederholte sie verzweifelt.

Hank strich mit der Hand über seine Stirn.

»Wir müssen uns aus unserer verkrampften Haltung der Selbstverteidigung lösen und zusammenarbeiten«, sagte er. »Als erstes müssen wir offen und ehrlich sein.

Dies ist absolut nicht die Zeit für höfliche Zurückhaltung. So ungern ich dies auch sage: es ist durchaus möglich, daß der Gastgeber dieser grausigen Festlichkeit einem von uns bekannt ist.«

»Sagen Sie das nicht«, bat Jean. »Es ist schon entsetzlich genug, auch ohne daran denken zu müssen, daß einer von uns etwas darüber weiß.«

»Ich weiß, daß es ein schrecklicher Gedanke ist«, sagte Hank. »Ich kann selbst nicht glauben, daß es wahr sein könnte. Wahrscheinlich ist es auch nicht so. Aber es wäre möglich. In einer Situation wie dieser müssen wir allen Möglichkeiten ins Auge schauen, ohne uns darum zu kümmern, ob wir damit irgend jemandes Gefühle verletzen oder nicht. Das ist unbedingt nötig, wenn wir lebend herauskommen wollen.«

»Sie haben recht«, sagte Sylvia. »Ich lasse lieber meine Gefühle verletzen, als daß ich sterbe. Wenn also irgendwer denkt, daß ich mit dieser Radiokreatur in Verbindung stehe, soll er es ruhig sagen. Ich habe nichts damit zu tun, aber es macht mir nichts aus, verdächtigt zu werden, falls uns das irgendwie hilft.«

Hank strich sein wirres Haar zurück.

»Vielen Dank, Sylvia«, sagte er.

Er schaute sie an. Sie war immer noch ruhig inmitten all der Erregung. Ihre Selbstbeherrschung schien ihn zu ermutigen.

»Sylvia, Sie sind eine außergewöhnlich vernünftige Frau«, fuhr er fort. »Was halten Sie von der ganzen Sache?«

»Ich halte es für einen außergewöhnlich vernünftigen Plan, uns alle zu ermorden«, antwortete sie ruhig, und ihre Stimme klang dünn wie ein straff gespannter Draht.

Peter Daly beugte sich vor und blickte scharf in Sylvias eisgrüne Augen.

»Ich möchte gern wissen, Sylvia, ob Sie jemand kennen, der Sie gern tot sehen würde«, sagte er.

»Nun — ich weiß nicht. Ich glaube es nicht. Ich bin eine völlig harmlose Person.«

»Sind Sie das?« fragte Jean vom Sofa her.

Die anderen wandten sich ihr mit einem Ruck zu. Jean wirkte ruhig und aufmerksam.

»Natürlich sind Sie keine harmlose Person, Sylvia. Ich bin es auch nicht. Weder Peter noch Hank, noch Tim, noch irgendeiner von uns ist es. Es gibt wahrscheinlich keinen unter uns, der nicht weiß, daß irgendwer sehr erleichtert wäre, wenn wir aus dem Wege geräumt wären.«

Hank wandte sich ihr zu, als wäre er erleichtert über den plötzlichen Wandel, der sich in ihr vollzogen hatte.

»Das habe ich mir auch gedacht«, sagte er. »Jemand will, daß wir sterben.«

»Ich kann mir wirklich nicht denken, wer mich tot wünschen könnte«, sagte Tim.

»Jemand wünscht uns alle tot zu sehen«, sagte Peter.

»Es ist schrecklich, darüber zu sprechen«, sagte Jean schwach.

»Natürlich ist es das«, sagte Peter. »Ich komme mir vor, als wohnte ich meiner eigenen Leichenschau bei. Aber nichtsdestoweniger ist es so, wie Hank gesagt hat: wir müssen auch dieser Möglichkeit ins Auge schauen. Es gibt einen Menschen, der das nicht erreicht hat, was er von uns wollte, und der jetzt Rache nimmt.«

»Aber ich habe nie jemandem etwas vorenthalten!« rief Dr. Reid aus.

»Denken wir nach«, sagte Hank plötzlich. Er machte einen Schritt vorwärts. »Ist irgendeiner unter uns, der nicht weiß, daß ein anderer vielleicht mehr gehabt hätte, wenn er selbst nicht lebte? Gibt es jemanden, der nicht nach den guten Dingen des Lebens gegriffen hätte, während andere hilflos zugeschaut haben? Gibt es keinen, Dr. Reid, der Sie gern aus dem Wege haben möchte?«

»Ja!« rief Dr. Reid und sprang mit einem Ruck auf die

Füße. »Sie! Und Sie wissen das. Sie hassen mich, und jetzt stehen Sie wie ein grinsender Halbidiot da und ...«

»Verdammt!« Hank ging hinüber und packte wütend die Schultern von Dr. Reid. »Sie nennen mich einen möglichen Mörder und einen grinsenden Halbidioten, weil ich jedes Atom von Selbstbeherrschung, das ich besitze, dazu in Anspruch nehme, nicht wie ein brüllender Irrer loszuschlagen. Ich vertrage viel von jedem zu einer Zeit wie dieser, Dr. Reid, aber falls Sie geplant haben, herumzusitzen und mein Sterben zu beobachten, dann möchte ich Sie warnen, da ich durchaus nicht im Sinne habe, die Todesart, die Sie für mich vorbereitet haben ...«

»Hank! Dr. Reid!« rief Peter Daly mit verzweifelter Selbstbeherrschung.

»Es tut mir leid.« Hank sank in einen Stuhl und stützte die Stirn auf die Hände. »Ich scheine meine besondere Fähigkeit, mich zum Narren zu machen, bei einer völlig unpassenden Gelegenheit erprobt zu haben.« Er zwang sich zu einem verzerrten Lächeln. »Ich entschuldige mich«, sagte er zu Dr. Reid.

»Ich tue das gleiche«, sagte Dr. Reid unsicher. »Ich bin völlig außer mir. Es war mein Fehler.«

Hank schenkte sich einen neuen Drink ein und warf seinen Kopf nach hinten, als wollte er sein Gehirn klären.

»Nein, es war mein Fehler. Ich war derjenige, der vorgeschlagen hat, wir sollten einander beschuldigen, für diesen Abend verantwortlich zu sein, und ich konnte mein eigenes Rezept nicht vertragen. Ich schätze, ich bin eine Art von Idiot.«

»Durchaus nicht«, sagte Dr. Reid mit Anstrengung.

»Bitte, sprechen Sie weiter, Hank!« drängte Sylvia. »Wenn wirklich jemand glaubt, daß einer von den anderen Freude an unserem Ableben haben könnte, sollten wir das wissen.«

»Ich glaube, wir sollten mit Dr. Reid beginnen«, sagte Hank, der seine Ruhe wiedergewonnen hatte. »Dr. Reid, ich schwöre Ihnen, daß ich meine Beherrschung behalten werde. Wenn Sie Grund zu der Annahme haben, daß ich Sie ermorden will, seien Sie bitte so gut, mir diesen Grund zu nennen, und sagen Sie es auch den anderen.«

»Es war sehr dumm von mir«, sagte Dr. Reid unbehaglich.

Dies waren die ersten Entschuldigungen, die er seit Jahren aussprechen mußte, und es war hart für ihn.

»Aber ich will versuchen, offen zu sein. Ich hatte mit einem Male die Idee, daß Sie einen Groll gegen mich hegten, seit man Sie ersucht hat, Ihr Lehramt bei der Universitätsfakultät niederzulegen.«

»Das ist ganz richtig«, sagte Hank ruhig. »Ich schäme mich, dies zugeben zu müssen, aber es ist trotz alledem wahr.«

»Hank schrieb einmal ein Drehbuch für mich, das nicht angekauft wurde«, sagte Jean lächelnd. »Aber ich glaube nicht, daß er mich deswegen ermorden will.«

Hank wandte sich ihr zu.

»Die funkelnde Persönlichkeit von Jean ist eine Freude in einer Zeit wie dieser«, sagte er. »Nein, ich würde Sie nicht dafür ermorden, daß Sie ein Drehbuch von mir nicht angenommen haben. Sie könnten es jetzt auch nicht mehr annehmen. Ich habe Peter die Idee geschenkt, und er hat eine Geschichte daraus gemacht.«

»Wir schweifen bedauerlich weit vom Thema ab«, sagte Sylvia. »Hank gibt zu, daß er einen Groll gegen Dr. Reid hegte. Wenn wir fortfahren, finden wir vielleicht Dinge über uns selbst heraus, die uns einen Hinweis geben.«

»Ganz recht«, sagte Dr. Reid. »Hank hat, glaube ich, davon gesprochen, daß ich diesen Abend geplant haben könnte. Vielleicht erklärt er das einmal selbst.«

»Ich weiß ganz bestimmt nicht, warum ich das gesagt habe«, erwiderte Hank. »Ich war für eine Minute außer mir. Wenn man plötzlich beschuldigt wird, daß man nahe daran ist, jemanden umzubringen, dann kann einen das schon aus der Fassung bringen.«

»Ich gebe das zu«, sagte Dr. Reid mit einem Versuch, freundlich zu sein.

»Also gut«, sagte Hank, »fahren wir fort! Das erste Motiv für Mord, nach dem die Leute gewöhnlich suchen, ist Geld. Gibt es jemanden, der durch unseren Tod finanzielle Vorteile haben würde?«

»Nicht durch meinen«, sagte Tim. »Mein Testament ist gemacht, und alles, was ich habe, geht an Mrs. Slamon und die Mädchen, bis auf einige kleine Ehrenlegate an meine Freunde.«

»Ist eines von diesen Legaten groß genug, daß es für die betreffende Person einen nennenswerten Anreiz bilden könnte?« fragte Hank unbeirrbar.

Tim zögerte den Bruchteil einer Sekunde.

»Ich glaube es nicht.«

»Tim, ich glaube, Sie sollten es uns sagen«, sagte Sylvia sanft.

»Ich will es nicht«, sagte Tim.

»Tim, ich glaube, es ist hier keiner, dem man nicht zutrauen könnte, eine vertrauliche Mitteilung, die heute nacht gegeben wurde, für sich zu behalten«, sagte Hank. »Wenn wir in all diesen Dingen nicht offen sind, kann es für uns den Tod bedeuten.«

Tim kaute nervös an seiner Zigarre.

»Ich habe Sylvia zweihunderttausend Dollar hinterlassen.«

Die Gäste erstarrten förmlich. Sylvia wandte sich mit großen, erstaunten Augen Tim zu.

»Tim — Sie haben das nicht getan. Wie kämen Sie dazu?«

»Sie sind der beste Freund, den ich je hatte«, sagte Tim starrsinnig. »Sie wissen, daß Sie mir mehr Geld gerettet haben als das.« Er stellte das übergeschlagene Bein auf den Boden zurück. »Ich habe es Ihnen jetzt nur gesagt, damit Sie nicht meinen, ich behielte etwas Verdächtiges für mich. Sylvia wußte nicht, daß sie in meinem Testament bedacht worden ist. Und wenn sie es herausgefunden hätte, würde sie mich deswegen nicht töten — das wissen Sie. Ich hoffe, Sie sind zufriedengestellt.«

»Tatsächlich wissen wir alle, daß Sylvia nicht in Geldschwierigkeiten ist«, sagte Hank leichthin. »Bei der Praxis, die sie hat, bestimmt nicht. Das wäre also erledigt.«

Sylvia ging durch das Zimmer und nahm sich eine Zigarette. Dann wandte sie sich um und schaute die anderen an.

»Ich glaube, Sie sollten wissen, daß ich keinen Cent Ersparnisse habe«, sagte sie fest.

»Was?« rief Peter aus.

»Oh, ich gebe viel Geld aus«, sagte Sylvia. »Ich bin nie imstande gewesen, mit Geld umzugehen. Im Augenblick habe ich dreihundert Dollar auf meinem Scheckkonto und etwas Wechselgeld in der Tasche, die ich heute abend mithabe. Das ist alles Geld, was ich auf der Welt besitze.«

»Ich war noch nie in meinem Leben so erstaunt«, sagte Jean langsam.

Dr. Reid hatte sich zur Seite gebeugt, um mit Peter zu sprechen.

»Ich glaube nicht ein Wort von dieser Tirade«, sagte er mit verhaltener Stimme. »Sie entschuldigt sich immer mit Armut, wenn es darum geht, einer Anschuldigung der ungerechtfertigten Bereicherung zu entgehen.«

»Es ist nicht gut vorstellbar, daß sie arm sein sollte«, gab Peter zu. Seine Worte gingen unter in dem Sturm der Überraschung, den Sylvias Feststellungen erweckt hatten. »Vor allem, wenn man in Betracht zieht, wieviel Geld sie verdient.«

»Wieviel Geld sie nimmt«, ergänzte Dr. Reid trocken.

Peter biß sich auf die Lippen.

»Ich habe Sylvia immer gern gehabt«, sagte er. »Und

ich habe mir vorgestellt, daß der meiste Klatsch über ihre Winkeladvokatenpraktiken durch politische Verleumdung entstanden ist.«

Dr. Reid zuckte zynisch mit den Schultern, und Peter bemerkte die Verwunderung in Jeans Stimme, als sie hinzufügte:

»Sie verdienen doch soviel Geld, Sylvia.«

»Ich bin es immer irgendwo schuldig«, erwiderte Sylvia. »Ich schulde jetzt verschiedenen Leuten über neuntausendzweihundert Dollar.« Sylvia ging zu ihrem Stuhl zurück, setzte sich und stützte das Kinn in die Hand. »Ich wußte nicht, daß ich in Tims Testament bedacht worden bin, aber ich kann das natürlich nicht beweisen. Ich würde auch für zweihundert Millionen Dollar Tim nicht tot sehen wollen, aber das kann ich ebensowenig beweisen.«

Tim ging zu ihr hin und legte ungeschickt seine große Hand auf ihre Schulter.

»Hören Sie auf, sich wie eine Verbrecherin zu benehmen, Sylvia«, sagte er. »Wie Sie sehen, bin ich noch nicht tot, und bis ich es nicht bin, kann keiner Sie bezichtigen, mich ermordet zu haben.«

Sie schaute mit einem gezwungenen Lächeln zu ihm empor.

»Natürlich nicht, Tim. Wir wissen Bescheid, wie man sich in schwierigen Lagen zu benehmen hat«, fügte sie halb verächtlich hinzu.

»Ich hoffe, daß wir das wissen«, sagte Tim lächelnd. »Nein, ich kenne keinen, der mich ermorden wollte. Es gibt eine Menge Leute, die mich nicht besonders gut leiden können, aber ich glaube nicht, daß einer von denen mich töten würde.«

»Wie ist es mit Ihnen, Sylvia?« fragte Peter unvermittelt.

Sie schüttelte den Kopf.

»Ich wüßte keinen — es sei denn, es wären Leute, bei denen ich schuld bin, daß sie ihren Prozeß verloren haben.« Sie hielt inne, als hätte sie schon mehr als beabsichtigt gesagt.

»Wir wissen, daß der Mann, den Sie vor kurzem im Prozeß besiegt haben, tot draußen liegt«, sagte Tim. »Wir brauchen davon nicht zu sprechen.«

»Bestimmt nicht«, stimmte sie zu, aber es war eine gewisse Verlegenheit in ihrem Benehmen.

»Lassen Sie nur, Miss Ingleby«, sagte Dr. Reid eisig. »Jeder von uns hier liest wahrscheinlich die Zeitung und ist deshalb mit der Tatsache sehr wohl vertraut, daß es Ihrem Einfluß zuzuschreiben war, daß Paul Stanbys Testament vor weniger als drei Monaten für ungültig erklärt worden ist und meine Abteilung der Universität einer ansehnlichen Schenkung beraubt wurde.« Er schaute Sylvia an, als sähe er etwas Ekelerregendes in ihren grünen Augen.

»Warum sprechen Sie nicht weiter?« fragte sie mit kalter Bitterkeit.

»Das ist kaum notwendig«, sagte Dr. Reid. »Inzwischen ist es überall bekannt geworden, daß nur wenige Leute sich Ihrer Talente versichern, es sei denn, sie brauchen jene besonderen Dienste, die unsere führenden Rechtsanwälte als unter ihrer Würde betrachten.«

»Um Himmels willen, Dr. Reid!« rief Peter aus.

Tim starrte Dr. Reid wütend an und setzte zum Sprechen an, aber Sylvia unterbrach ihn.

»Keiner von Ihnen braucht für meine Tugend zu kämpfen. Ich bin mit dieser Art von Anklage von meinen geschlagenen Gegnern her zu gut vertraut, als daß sie mich noch zornig machen könnte. Ich frage mich nur, warum Dr. Reid das hier sagt.«

Dr. Reid wandte den Blick ab und schaute zu Boden, als bedauerte er seinen Ausbruch.

»Die Annahme, daß ein Mann in meiner Position Sie aus Groll töten könnte, ist ziemlich unvernünftig«, murmelte er.

»Gewiß«, sagte Hank schnell. »Sie würden das Geld nicht bekommen, wenn Sie es täten.« Er lächelte und änderte das Thema. »Obwohl man es für sehr unwahrscheinlich halten muß, daß jemand wünschen könnte, eine so seltene Zierde des weiblichen Geschlechtes wie Jean loszuwerden, ist es doch wohl richtig, ihre Meinung über die Angelegenheit zu erfahren. Jean, glauben Sie wirklich, daß jemand sich einbildet, er könnte einen Vorteil davon haben, wenn Sie aus dem Wege geräumt wären?«

Jean schaute auf. Sie blickte ihm einen Moment fest in die Augen, und dann straffte sich ihr zierlicher, wie von Watteau gemalter Körper, und sie beobachtete die anderen.

»Ich dachte mir schon, daß Sie mich fragen würden«, sagte sie langsam und sehr betont. »Und ich habe mit mir selbst darüber argumentiert, ob ich Ihnen antworten soll oder nicht. Aber wenn es je eine Zeit gibt, wo jemand das Recht zu einer solchen Frage hat, dann jetzt. Es gibt nur einen Menschen, von dem ich weiß, daß er sehr glücklich wäre, wenn er mich tot sähe. Das ist Peter Daly.«

Peter bewegte sich nicht, aber Sylvia machte eine bittende Geste.

»Jean!« rief sie aus.

»Natürlich wollen Sie nicht, daß ich weiterspreche«, sagte Jean bitter. »Ich bin der Grund dafür gewesen, daß Sylvia einen von den wenigen wichtigen Prozessen verloren hat, den sie in den letzten Jahren führte, und sie hört natürlich nicht gern, daß darüber gesprochen wird. Aber ich weiß, daß Peter Daly mich lieber tot als lebendig sehen würde.«

Peter schaute sie an. Bedächtig ging er durch das Zimmer, blieb vor ihr stehen und schaute sie mit einem verengten Blick voller einstudierter Verachtung an.

»Nein«, sagte er, »ich würde Sie nicht töten. Ich glaube, Sie sind ein ekelhafter kleiner Snob, dem das Gefühl seiner eigenen Wichtigkeit zu Kopf gestiegen ist, aber das ist alles. Ich würde Sie niemals töten.«

»Müssen wir dies diskutieren?« fragte Hank beschwichtigend. »Ich fühle mich dafür verantwortlich, daß wir damit begonnen haben.«

»Ich glaube, daß Sie beide es den übrigen schuldig sind, eine Erklärung abzugeben«, sagte Dr. Reid.

»Ich bin durchaus gewillt, es zu erklären«, sagte Peter mit ätzender Höflichkeit. »Es hat den ganzen Abend in mir gegärt, und es ist eine Art von Erleichterung, es auszusprechen. Sprechen Sie, Jean! Sagen Sie den anderen Ihre Meinung zu der Sache.«

Jean faltete die Hände über ihrem Fächer und schaute die anderen mit einer Härte an, die im Gegensatz zu ihrer freundlichen, lebenssprühenden Persönlichkeit stand.

»Sie erinnern sich vielleicht daran, daß damals, vor fünf Jahren, als ich hier in einem Repertoirestück spielte, Peter Daly Theaterkritiker für *The Item* war. Ich spielte damals die Hauptrolle im Ensemble, und ich war sehr stolz darauf, denn ich war schrecklich ehrgeizig und arbeitete hart an mir. Alle hatten gedacht, ich würde einen Bombenerfolg haben. Ich war hier geboren, und sie dachten, ich müßte mich in meiner Heimatstadt gut durchsetzen können.

Aber Peter Daly ließ das nicht zu. Sie müssen wissen, daß Peter hier im Theaterleben das letzte Wort zu sprechen hatte. Er war klug, und alle Leute in der Stadt lasen, was er schrieb. Von der ersten Woche an, in der ich hier war, tat Peter sein Bestes, mich zu ruinieren. Ich wußte, warum er es tat, aber das werde ich Ihnen später erzählen. Er sagte nie direkt, daß ich schlecht sei — das wäre leichter zu ertragen gewesen —, dazu war er zu schlau. Sie wissen, wie er schreibt — der Hauptcharme seiner Bücher liegt in der feinen Nuancierung des Stils —, kennen seine Art, in einem Satz etwas anzudeuten, was nicht ausgesprochen wird. Das hat er mir angetan. Er machte garstige kleine Bemerkungen. Er deutete dies und das an. Es war entsetzlich. Er schrieb so, als höbe er die Augenbrauen und wäre unendlich amüsiert über meine Possenreißerei. Er machte mich lächerlich.

Und er ruinierte mich. Ich war so jung, und ich versuchte so verzweifelt, eine gute Schauspielerin zu sein. Natürlich war ich nicht sehr gut. Ich war zu unerfahren. Aber ich wollte lernen, und ich konnte es nicht. Peter hatte mich völlig unsicher gemacht. Jedesmal, wenn wir ein neues Stück aufführten, spielte ich wie im Fieber, denn ich wußte, daß er im Zuschauerraum saß und mir mit gehobenen Augenbrauen zuschaute. Am nächsten Tage würde ich dann wieder die gleichen geistreichen Bemerkungen auf meine Kosten und zum Vergnügen der ganzen Stadt in der Zeitung lesen. Keines von den anderen Blättern hatte einen einigermaßen erfahrenen Theaterkritiker, und sie hatten die Gewohnheit, Peters Führung zu folgen. Keiner kann sich vorstellen, was diese Erfahrung für mich bedeutete. Sie hätte mich beinahe für immer erledigt.

Hier in New Orleans hat sie mich auch erledigt. Ich konnte keinen guten Auftritt zustande bringen. Immer wußte ich, daß er dort irgendwo im Dunkeln saß und grinste. Das kostete mich meine Chance in New Orleans. Ich wurde abgeschoben.

Ich ging nach New York und erlebte dort den schwärzesten Winter meines Lebens. Ich hatte mit so großen Hoffnungen angefangen, und ich hatte versagt. Es blieb mir nichts anderes übrig, als wieder zu einer Theateragentur zu gehen und mein Glück zu versuchen. Das bedeutete, daß ich durch die Straßen ging, mein Geld zählte und mich fragte, ob ich es durchstehen könnte. Es bedeutete, daß ich in Agenturen herumsitzen und hoffen mußte, daß sie mir ein Engagement irgendwo in der tiefsten Provinz besorgten. Es bedeutete, daß ich in Automatenrestaurants aß und oft nichts aß, weil ich kein Geld übrig hatte. Es bedeutete aber auch, daß ich wußte, ich taugte nichts.

Es dauerte nicht ewig. Ich bekam eine winzige Rolle auf dem Broadway und gefiel den Leuten. Dann bekam ich eine Hauptrolle in dem Stück ›Die Türschwelle‹ und bald darauf meine Chance im Film.

Aber ich sagte Ihnen, daß ich weiß, warum Peter versuchte, mich zu ruinieren. Er wollte mich dazu zwingen, Chetwood zu verkaufen.

Chetwood ist unser Gut im Teche-Land. Oh, es ist ein herrliches Anwesen, ein großes Herrenhaus mit weißen Säulen in einem Hain von Lebenseichen. Moos hängt von den Bäumen, und es gibt dort Magnolien, die im Frühling blühen. Hinter dem Haus windet sich der Teche-Bayou — dicht mit Wasserhyazinthen bewachsen — dahin. Colonel Daly und Major Trent kauften das Gut nach dem Bürgerkrieg, denn sie konnten den Gedanken nicht ertragen, daß der Wiederaufbau jede Spur jenes wunderbaren, gemütlichen Lebens auslöschen würde, das sie so geliebt hatten. Und sie wollten sich einen Zufluchtsort schaffen. In ihren Testamenten verfügten sie, daß Chetwood für immer den Dalys und den Trents gehören sollte, es sei denn, alle Erben sprächen sich übereinstimmend dafür aus, sich von dem Anwesen zu trennen. Peter und ich sind die einzigen überlebenden Erben.

Jetzt wird gesagt, sie hätten Öl auf dem Gelände entdeckt, und ein Syndikat ist eifrig darum bemüht, es zu kaufen. Wenn man sich vorstellt, daß sie die Eichen und die Magnolienbüsche umschlagen und häßliche Bohrtürme aufstellen — nein, ich kann das nicht ertragen. Ich habe genug Geld zum Leben, und Peter auch. Aber er will mehr haben. Er dachte, daß er mich zum Verkauf zwingen könnte, wenn er die Dinge für mich hoffnungslos machte. Aber ich tat es nicht. Ich verachte seine gräßliche Geschäftstüchtigkeit, und ich werde nicht dieses einzige Stück vollkommener Schönheit verkaufen, das mir gehört, selbst wenn ich Hunger leiden müßte. Aber wenn ich tot wäre, könnte Peter Chetwood an jene Leute verkaufen — und Peter würde Millionär sein.«

Er ergriff ihren Fächer, als wäre er ein Symbol für den Landsitz. Mit scharfer Stimme sprach sie weiter.

»Die Tatsache, daß alles Geld in der Welt kein anderes Chetwood kaufen könnte, spielt für ihn keine Rolle. Er will den Kaufpreis für Chetwood haben. Er hat sich Sylvia genommen, damit sie versuchen sollte, mich zum Verkauf zu bewegen. Aber ich wußte, was ich wollte, und ich nahm mir einen guten Anwalt. Mein Besitzrecht in Chetwood ist unumstritten, und es wird mein bleiben, es sei denn, ich sterbe ohne Erben. Wenn ich heute nacht sterben würde, bekäme Peter den ganzen Kaufpreis für den Landsitz statt nur die Hälfte. Das ist der Grund, weswegen mich Peter Daly gern tot sähe.«

Peter stand noch immer da und schaute mit jenem halb angeekelten, halb faszinierten Blick auf sie herab, mit dem er eine merkwürdige kleine Schlange betrachtet haben würde, die sich vor ihm zusammengerollt hatte.

»Sind Sie fertig?« fragte er.

»Ja«, antwortete sie. »Ich bin fertig. Ich nehme an, Sie werden sich jetzt rechtfertigen wollen. Vielleicht wollen Sie sogar erklären, warum Sie denken, daß ich Sie gern töten würde. Sprechen Sie nur! Ich bin ziemlich neugierig auf das, was Sie zu sagen haben.«

Einige Sekunden herrschte Schweigen im Zimmer. Die Feindseligkeit zwischen Jean und Peter hatte fast sichtbare Formen angenommen. Es war so, als stände sie zwischen ihnen: ein häßliches, riesiges, drohendes Etwas. Es hatte zwischen Peter und Jean begonnen, aber jetzt konnte keiner von den anderen im Zimmer dieser drohenden Feindseligkeit entfliehen.

Peter, der Jean immer noch mit jenem Blick voller Widerwillen und Faszination betrachtete, begann zu sprechen.

»Vor fünf Jahren, als Sie hier im Ensemble spielten, waren Sie dieselbe eingebildete kleine Kreatur, die Sie jetzt sind«, sagte er. »Aber Sie hatten Talent. Jeder, der auch nur das Geringste vom Theater verstand, hätte die Diagnose für Ihr Leiden geben können: Talent, das unter einem Gebirge von Selbstgefälligkeit begraben liegt. Ich hegte keinen persönlichen Groll gegen Sie. Sie sind natürlich nicht fähig, das zu glauben, weil Sie mir keine höheren Motive zubilligen wollen als solche, die Sie im umgekehrten Fall inspiriert hätten. Aber Sie haben mich geärgert, und ich sagte das auch. Wieder und wieder legte ich in gedruckten Worten nieder, was Sie nötig hätten, um eine Schauspielerin zu werden. Aber Ihre unermeßliche Selbstgefälligkeit verbot Ihnen, Kritik anzunehmen. Sie wiesen sie zurück, und Sie übertrieben noch Ihre einfältige Manieriertheit, um zu beweisen, daß Sie über Kritik erhaben seien. Als ich hörte, daß man Sie hinausgeworfen hatte, klopfte ich mir selbst auf die Schulter. ›Wenn sie jetzt lange genug das Pflaster tritt‹, sagte ich mir, ›wird sie es allmählich satt bekommen, sich selbst zu bewundern und ihrer Selbstkritik eine Chance geben.‹ Und genau das geschah. Der Himmel hat sie einem guten Direktor in die Hand gegeben. Sie waren so froh, ein Engagement zu bekommen, daß Sie alles taten, was er Ihnen sagte. Sie bewährten sich. Wenn Sie sich einmal die Mühe machen würden, einen von Ihren Filmen mit kritischen Augen anzuschauen, dann sähen Sie, daß man Sie dazu gebracht hat, jeden Hinweis anzunehmen, den ich Ihnen einmal gegeben habe. Aber Sie würden es nicht erkennen. Sie sind immer noch so eingebildet, daß Sie nur zu sich selbst sagen würden: ›Dort ist Jean Trent! Die wunderschöne, talentierte Jean Trent! Schaut, was ich tue! Schaut Euch dieses Wunder der Schauspielkunst an.‹ Der einzige Beweis, den ich Ihnen als Rechtfertigung dafür anbieten könnte, daß ich nicht versucht habe, Sie zum Verkauf von Chetwood zu zwingen, ist die Tatsache, daß ich erst dann einen Rechtsstreit begann, als Sie genug Geld hatten, sich einen fähigen Anwalt zu nehmen. Allerdings ...« Er zuckte mit den Achseln und wandte sich von ihr ab. »Allerdings muß ich mich nach der Ansprache, die Sie heute nacht an die Anwesenden gehalten haben, doch fragen, ob der Gesamterlös für Chetwood sich nicht als größere Versuchung für Sie erweisen könnte als die Hälfte davon. Nun — gibt es einen schöneren Tod, als die schlanken Finger einer schönen Frau um seine Kehle zu fühlen?«

Er ging von ihr fort und setzte sich. Wieder herrschte Schweigen — jenes düstere Schweigen, das schrecklicher ist als alle Worte. Sylvia sprach unvermittelt.

»Wenn jeder von uns darauf besteht, sich so zu benehmen, als hätten die anderen sich verschworen, ihn zu ermorden, dann hat es wenig Sinn, überhaupt irgend etwas zu diskutieren.«

Keiner antwortete ihr. Die Atmosphäre war erstickend und bedrohend. Dr. Reid zündete sich eine Zigarette an. Plötzlich durchschnitt ein dünner Silberklang die Stille. Jean sprang auf.

»Zwölf Uhr!« rief sie aus. Es war ein heller Klang von Triumph in ihrer Stimme.

»Zwölf Uhr!« wiederholte Dr. Reid.

Die Uhr vollendete den Stundenschlag. Jean lachte laut, und ihre Verwandlung schien die Spannung der anderen gebrochen zu haben.

»Wir scheinen ihn genarrt zu haben!« rief Peter entzückt. »Er sagte, einer von uns würde vor zwölf Uhr tot sein — und hier sind wir noch alle!«

»Richtig!« rief Tim aus und streckte seine Arme voller Erleichterung. »Hier sind wir noch. Lebend und wohlauf! Wir haben ihn zum Narren gehalten.«

Jean klatschte in die Hände.

»Wir haben ihn zum Narren gehalten. Er hat uns nicht getötet.«

Hank schnippte mit den Fingern nach der Radiotruhe. »Du hast eine Runde des Spiels verloren, Stimme. Jetzt bist du an der Reihe. Komm heraus und stirb wie ein Mann!«

»Sag uns jetzt, wie wir herauskommen!« rief Peter in das Radio. »Kommt alle her. Wir müssen jetzt herauskommen. Wir wissen, daß er nicht unbesiegbar ist. Irgendwie haben wir ihn übervorteilt. Ich weiß nicht wie, aber wir haben es getan.«

Er lachte ebenfalls. Das plötzliche Triumphgefühl hatte die ängstliche Verkrampfung gelöst. Sie waren wie Kinder, die eben ein Geschenk empfangen haben.

»Stimme!« rief Sylvia. »Sag uns, wie wir herauskommen können. Du hast verloren, du weißt es.«

»Es ist mir nie zu Bewußtsein gekommen, wie schön es ist, am Leben zu sein.«

»Diese schrecklichen Vorbereitungen waren sicherlich ein ausgeklügelter Plan, Jason Osgood zu ermorden.«

»Kommen Sie, Margaret!« rief Jean erfreut. »Nehmen Sie Ihren Mantel. Wir verlassen den Dachgarten.«

Sie lachten alle, und ihre Worte schwirrten in einer Ekstase der Erleichterung durcheinander. Hank hatte die Tür aufgerissen, die zum Dachgarten hinausführte. Die kühle Luft, die hereinwehte, trug feuchten Duft nach Erde und Blüten mit sich, und vom Dachgarten her hörten sie das leichte Säuseln des Windes in den Palmwedeln.

»Kommen Sie, Margaret!« rief Jean wieder.

Ihre Kleiderfalten bauschten sich um ihren Körper, als sie zu Margarets Sessel hinübereilte. Margarets Arm war von der Sessellehne herabgesunken und hing schlaff zur Seite.

»Margaret!« rief Sylvia.

Sie war ebenfalls aufgestanden und ein paar Schritte auf Margarets Sessel zugegangen. Plötzlich blieb sie wie gebannt stehen. Die anderen waren auch aufgesprungen und standen jetzt wie erstarrt da. Ein Vorgefühl des

Grauens überfiel sie. Alle sahen, daß Margaret sich nicht bewegte.

Jean trat zaghaft noch einen Schritt näher an den Sessel heran. »Margaret!« schrie sie entsetzt. »Mein Gott, Margaret!«

Dr. Reid hatte die Zigarette in einen Aschenbecher geworfen. Jetzt trat auch er näher an Margarets Sessel heran.

»Margaret!« rief er heiser.

Er legte seine Hand auf ihre Schulter und wich dann mit einem Keuchen zurück. Ihr Körper sank vornüber und blieb in verkrümmter Haltung auf dem Boden liegen.

»Der Himmel möge uns helfen!« stieß Tim hervor.

Während die anderen reglos standen, kniete er sich auf den Teppich und fühlte ihren Puls und ihr Herz.

»Ist sie ...«, begann Hank.

Tim nickte und richtete sich unsicher wieder auf.

»Sie ist tot«, sagte er mit einer Stimme, die nicht viel mehr als ein Flüstern war.

»Tot ...«, wiederholte Jean tonlos.

7

Aus dem Radio ertönte ein Knacken. Jean erschauerte. Im nächsten Augenblick fühlte sie Sylvias festen Arm um ihre Schultern.

»Meine Freunde«, sagte die Stimme des Gastgebers. »Sie haben das Ableben von Mrs. Gaylord Chisholm bemerkt. Sie haben auch bemerkt, daß ich mein Versprechen gehalten habe und daß der zweite, der unser Fest verließ, dies noch vor Mitternacht getan hat. Nach einigen kurzen Erklärungen werden Sie ebenfalls erkennen, daß ich jenes Versprechen gehalten habe, das ich machte, als ich sagte, jeder von Ihnen würde mir die Möglichkeit für seinen Tod selbst in die Hand spielen.«

»Aber sie konnte das nicht getan haben«, keuchte Peter. »Margaret hat sich weder bewegt noch gesprochen.«

»Wenn Sie die Kissen in dem Sessel, auf dem Mrs. Chisholm gesessen hat, aufheben«, fuhr die Stimme fort, »werden Sie dort, wo ihr Kopf geruht hat, einen dünnen, schwarzen Gummigegenstand finden, der wie ein doppeltes Lineal aussieht und mit drei Anschlußklemmen versehen ist. Dies ist ein Empfänger, der durch einen Draht mit dem Radio verbunden ist. Der Draht läuft durch ein Sesselbein und unter dem Fußboden weiter. Wenn der Sessel auf einer bestimmten Stelle steht, ist die Verbindung hergestellt.«

Tim hob das Kissen, das an der Sessellehne lag und nickte grimmig.

»Während Sie in Ihr unterhaltsames Gespräch vertieft waren«, fuhr die Stimme fort, »flüsterte ich etwas in Mrs. Chisholms Ohr, und was sie hörte, war ein so schreckliches Geheimnis, daß Mrs. Chisholm es vorzog, lieber zu sterben, als der Welt wieder ins Gesicht zu blicken. Denn ich sagte ihr, Sie alle würden in fünf Minuten das hören, was sie eben gehört hat. So starb sie lieber.«

»Ein Geheimnis!« rief Dr. Reid. »Margaret hatte keine Geheimnisse. Ich kenne sie seit zwanzig Jahren — seit ihrer Heirat. Es ist unmöglich.«

»Es ist auf jeden Fall absurd«, sagte Hank. »Menschen sterben nicht auf diese Weise.«

»Vielleicht ist Ihnen nicht bekannt, daß Mrs. Chisholms Herz schon seit Jahren unregelmäßig arbeitet«, sagte die Stimme des Gastgebers. »Das war ein anderes Geheimnis, das sie sorgfältig hütete. Aber es war nicht das, was ich ihr gesagt habe. Ich sagte ihr etwas, wovon sie glaubte, kein Menschenwesen außer ihr wüßte es: daß sie nämlich eine Bigamistin war.«

»Eine Bigamistin?« wiederholte Sylvia. »Margaret eine Bigamistin?«

»Mrs. Chisholm war sechsundzwanzig Jahre alt, als sie zum zweiten Male heiratete«, sagte die Stimme. »Aber Mrs. Chisholm war schon zuvor verheiratet gewesen. Ich nenne sie Mrs. Chisholm, weil das der Name ist, unter dem Sie sie kennen. Der einzige Name, den sie rechtlich hätte führen dürfen, war der ihres Gatten Jimmy Vickers, den sie heiratete, als sie sechzehn Jahre alt war, und von dem sie nie geschieden worden ist.

Sie sind überrascht? Mrs. Chisholm war es auch. Sie dachte, das Geheimnis von Jimmy Vickers läge in Kansas begraben. Denn als Margaret Chisholm noch die kleine Maggie Reynolds aus den Bayous war, wanderte sie nach Kansas aus und suchte sich eine Arbeit. Sie wußten das auch noch nicht, nicht wahr? Mrs. Chisholm hat ihren Freunden gegenüber nie zugegeben, daß sie je für ihren Lebensunterhalt hat arbeiten müssen.

In Kansas heiratete sie Jimmy Vickers. Aber die Ehe ging nicht gut. Sie lebten drei Monate zusammen, bis

Jimmy Vickers mit unbekanntem Ziel verschwand. Maggie Reynolds reiste in die Heimat zu ihren Verwandten zurück. Sie schämte sich über sich selbst, denn Jimmy Vickers, meine Freunde, war nicht die Art von Mann, von dem man — sogar unter den damaligen Umständen — erwarten konnte, daß er den wählerischen Geschmack einer Maggie Reynolds mit ihren hochgesteckten Zielen befriedigen würde.

Dann kam Gaylord Chisholm. Sie kennen ja diese Geschichte. Wie Gaylord von diesem feurigen Mädchen völlig aus dem Gleichgewicht gebracht wurde — wie er sie heimführte — und wie die Zeitungen große Berichte von der Heirat des Chisholmerben mit Miss Reynolds aus einer alten Familie von Plantagenbesitzern brachten. Ah, meine Freunde, Miss Reynolds Familie war nur in dem Sinne alt, daß wir alle von den Höhlenmenschen abstammen.

Aber wie sollte Maggie Reynolds jemals Gaylord Chisholm ihre mißglückte Ehe gestehen? Wie konnte sie Glück und Macht von sich weisen? Sie tat es nicht. Seit zehn Jahren hatte sie nichts mehr von Jimmy Vickers gehört, und sie hörte nie wieder etwas von ihm — bis heute nacht.

Möchten Sie gern wissen, was ich in das zarte Ohr von Mrs. Chisholm geflüstert habe? Ich sagte: ›Maggie, du hast dich gewundert, wer ich bin, nicht wahr? Ich werde es dir jetzt sagen, damit du und deine Freunde bei diesem Fest sich nicht länger den Kopf zerbrechen müssen. Ich bin Jimmy Vickers, Maggy, dein Mann, und ich habe dieses Fest dir zu Ehren veranstaltet. Ich habe es satt, allein draußen im Westen zu leben, und deshalb bin ich nach New Orleans gekommen. Ich habe dich einige Male auf der Straße gesehen, und es hat mir ziemlich gut gefallen, daß du eine so große Dame geworden bist. Aber die Behandlung, die du mir hast angedeihen lassen, gefällt mir nicht. All die Jahre so zu tun, als existiere ich nicht, das war nicht nett von dir, Maggie. Nun bin ich hier. Ich bin in einem Büro direkt unter dem Bungalow, und in fünf Minuten komme ich herauf. Ich komme, um dich zu töten, Maggie.‹

»So habe ich Maggie Vickers mit einer Lüge getötet«, fuhr die Stimme des Gastgebers fort. »Oder sie tötete sich selbst mit ihrem Stolz.«

Das Radio schwieg.

»Aber das ist ja schrecklich«, murmelte Jean.

»Ich kann es einfach nicht glauben«, sagte Dr. Reid. »Es ist widersinnig. Margaret Chisholm ... nein, es kann nicht stimmen.«

»Möglicherweise ist es nicht so«, sagte Sylvia ruhig. »Aber es hat sie getötet.«

Sie ging zu dem Tisch hinüber, an dem Tim unsicher mit einer Zigarette hantierte.

»Geben Sie mir ein Streichholz«, sagte sie zu ihm.

Tim schaute auf.

»Oh, Sie sind es.« Er riß ein Streichholz an und berührte mit der Flamme ihre Zigarette. »Erinnern Sie sich noch daran, daß etwas an Gaylord Chisholms Tod in Frankreich seltsam war? Ob er wohl dies hier herausgefunden hat und sich selbst tötete?«

»Es ist durchaus möglich«, sagte sie. »Er würde es getan haben, wenn er es herausgefunden hätte. Er war so veranlagt. Arme Margaret!«

Sie drehte sich um, als sie hinter sich einen ungewöhnlichen Laut hörte. Peter und Hank hoben den schlaffen Körper hoch, der Margaret Chisholm gewesen war. Sylvia erschauerte, als sie sah, wie Jean und Dr. Reid wie unter einem seltsamen Bann zur Tür gingen und zuschauten, wie Margarets Leiche in den Sarg gesenkt wurde, der für sie bereitstand.

Als die anderen zurückkamen, saß Sylvia einen Augenblick nachdenklich da. Dann sprach sie unvermittelt. »Wir alle haben Margaret Chisholm geachtet«, sagte sie.

»Wollen wir uns darüber einigen, daß das, was wir eben gehört haben, unter uns bleibt?«

»Um Himmels willen, ja«, sagte Peter.

Hank schaute Dr. Reid an, der — das Kinn auf die Hand gestützt — dasaß und auf den Boden schaute, als ginge ihn die Verwirrung um ihn her nichts an.

»Was denken Sie, Doktor?«

Dr. Reid hob den Kopf.

»Ich versuche, durch das Licht der Psychoanalyse Klarheit in die Düsternis dieses schrecklichen Geschehens zu bringen«, antwortete er. »Es führt zu der entsetzlichen Schlußfolgerung, daß einer von uns dieses abscheuliche Verbrechen verübt haben muß.«

»Einer von uns?« wiederholte Tim. »Was meinen Sie damit?«

»Ich spreche nicht im Hinblick auf physische Tatsachen«, antwortete Dr. Reid. »Die physischen Methoden, die heute nacht hier angewandt werden, sind so beschaffen, daß keiner von uns — dessen bin ich sicher — begreifen kann, wie dieses Verbrechen das Werk einer Person innerhalb des Bungalows sein kann. Aber ich bin davon überzeugt, daß der Mörder einer in diesem Zimmer ist. Sechs von uns sind noch übrig. Einer von diesen sechs hat den Tod der übrigen fünf geplant. Warten Sie!« Er hob warnend die Hand, als Tim eine ärgerliche Antwort geben wollte.

Seine gelehrsame Ruhe zog die anderen in ihren Bann. Schweigen herrschte im Raum, als Dr. Reids Blick von einem zum anderen wanderte. Sie beobachteten ihn mit kritischer Eindringlichkeit. Es war so, als hätte die Spannung, unter der sie standen, das Äußere ihrer Persönlichkeiten durchbrochen. Durch die Risse und Sprünge wurden schreckliche Gedanken und Gefühle sichtbar. Sie schauten Dr. Reid und dann einander an, so als entdeckten sie mit einem Male in den anderen furchtbare Möglichkeiten.

»Von allen Männern und Frauen meiner Bekanntschaft gibt es nur wenige, die töten könnten«, sagte Dr. Reid schließlich. »Aber jeder von uns hier in diesem Zimmer ist ein möglicher Mörder. Einen Augenblick. Ich werde es erklären.« Er faltete die langen, schlanken Hände auf seinen Knien. »Zu meiner Linken sitzt Henry L. Abbott. Sie, Mr. Abbott, sind ein Mann von vielen unberechenbaren Talenten, die Sie niemals auf ein bestimmtes Ziel konzentrieren konnten. Sie malen Bilder. Ich glaube, Sie schreiben auch Gedichte und kleine Essays für die Magazine der neuen Kunstrichtungen. Sie sind so etwas wie ein Export für gewisse sehr fortschrittliche wirtschaftswissenschaftliche Theorien. Sie haben sich dilettantisch mit technischen Problemen beschäftigt. Aber Ihr Geist ist träge. Da Ihre geistige Energie nie auf einen Gegenstand gelenkt wurde, der dessen wert gewesen wäre, findet sie ihren Ausdruck in Theorien der Kunst und des Lebens, die einem Konservativen wie mir ziemlich wild erscheinen. Aber es ist eine sehr große geistige Energie, und sie braucht nur den großen Impuls auf eine bestimmte Absicht hin, den Sie nie gehabt haben. Wenn dieser Impuls in der Art eines furchtbaren Grolls erscheint, könnte sich Ihre im Augenblick sich verzettelnde Stärke in der Form eines Mordes manifestieren.«

Hank runzelte gedankenvoll die Stirn. »Sie haben recht. Es ist etwas verwirrend, als möglicher Mörder analysiert zu werden.«

»Natürlich ist es das. Aber fahren wir in unserer Analyse fort und betrachten wir Timothy Slamon.«

»Was?«

Tim zuckte zusammen, und als er Dr. Reid anschaute, sah er wie ein Mann aus, der sein Gesicht einem eben zum Bohren ansetzenden Zahnarzt zuwendet.

»Es versteht sich, daß wir in jedem Falle das Vorhandensein von Motiven annehmen, die genügen würden, zum Mord zu inspirieren«, fuhr Dr. Reid fort. »Wenn wir das annehmen, was würde dann nach unserer Meinung wohl Mr. Slamons charakteristische Reaktion sein?« Er machte eine vielsagende Pause und sprach weiter. »Mr. Slamon ist ein machtvoller Mann in dieser Gemeinde. Es ist eine Macht, die er durch heftigen und — wie manche sagen — skrupellosen Kampf gewonnen hat. Er ist bestimmt ein Mann, der vor nichts zurückschreckt, um seinen Willen durchzusetzen. Seine Karriere ist von Anfang an eine Serie von unbarmherzigen Kämpfen gewesen, bei denen er seine Aufmerksamkeit mehr auf das Ziel als auf die Mittel gerichtet hat. Er würde nicht aus Rache töten, aber für ein vor ihm liegendes Ziel. Wenn Mr. Slamon seine Karriere von einer Person bedroht wüßte, die nur durch den Tod beseitigt werden könnte, schafft er sie möglicherweise auf diese Weise aus dem Wege.«

»Vielen Dank«, sagte Tim mit einer ganz schwachen Andeutung von Hohn in der Stimme.

Dr. Reid sprach in leidenschaftslosem Ton weiter.

»Miss Sylvia Inglesby steht in dem Ruf, eine eiskalte Frau zu sein, die keine Gefühle oder Unsicherheit zeigt. Sie hat das beneidenswerte Ansehen in ihrem Beruf durch ihre fast unnatürliche Fähigkeit erlangt, auch in den verwirrendsten Situationen ruhig und vernünftig zu handeln. Sie werden sich daran erinnern, daß Miss Inglesby in dem nervenzermürbenden Chaos des heutigen Abends nicht ein einziges Mal die Fassung verloren hat — etwas, was kein anderer von uns sagen kann. Solch eine furchtbare Selbstbeherrschung ist erschreckend für uns arme Sterbliche, die manchmal die Köpfe verlieren. Miss Inglesby muß aber auch normale Gefühle haben; solch eine vollkommene Selbstabkapselung ist unnatürlich. Wenn diese eiserne Selbstbeherrschung einer unerwarteten Spannung ausgesetzt wird, was ist dann natürlicher, als daß der Zusammenbruch nicht nur ein gewöhnliches Aufbrausen des Zornes ist, sondern eine Katastrophe, ein Wirbelsturm lange zurückgehaltener Gefühle, die Miss Inglesby zu völliger Verrücktheit treiben würden?«

Er schaute Sylvia an. Sie erwiderte den Blick mit eisiger Kälte.

»Sehr einfallsreich, Dr. Reid«, sagte sie ruhig. Sie lächelte ihr vertrautes gelassenes Lächeln.

»Ich hatte mich nie als mögliche Mörderin gesehen, aber ich nehme an, daß es nach allem keinen Sinn hat, diese Möglichkeit zu leugnen, weil es hier doch niemand glauben würde.«

Dr. Reid hatte den Blick bereits Peter Daly zugewandt.

»Peter Daly ist ein Mann, der mit einem ungewöhnlichen Grad von Einbildungskraft begabt ist. Wenn Sie seine Bücher gelesen haben, werden Sie auch wissen, daß er darin gelegentlich Beweise seiner tiefen Einsicht in die Motive menschlicher Handlungsweisen gibt. Aber es hat Fälle gegeben, wo solche Talente ein Fluch gewesen sind. Cesare Lombardo hat uns den Beweis geliefert, daß eine Grenze zwischen Talent und Wahnsinn häufig nicht mehr vorhanden ist. Wenn sich das in Mr. Dalys Fall als richtig erweisen sollte, wäre solch eine Orgie der Vernichtung wie diese hier als Ausdruck eines zu großen Talents, das in die Irre gegangen ist, verständlich.«

Peter erblaßte sichtlich. Er gab keine Erklärung ab.

»Jean Trent hat uns eben gezeigt, wie sehr sie einen Groll pflegen kann«, fuhr Dr. Reid fort. »Wenn sie ein Motiv hat, das ihr wesentlich genug erscheint, kann Jean einen beträchtlichen Haß entwickeln. Ein Mann oder eine Frau, die den Haß um seiner selbst willen nähren, sind — wie jeder erfahrene Psychologe Ihnen bestätigen wird — des Mordes fähig.«

»Ich will niemanden töten«, sagte Jean wie ein gescholtenes Kind. »Außerdem hat niemand hier außer Peter mich verletzt.«

»Ich ziehe nicht in Betracht, welches Motiv unser Gastgeber haben mag«, erklärte Dr. Reid geduldig. »Ich erwäge nur die Möglichkeiten, wie wir auf ein bestimmtes Motiv — ganz gleich, was es sein mag — reagieren könnten.«

»Sie haben sich selbst ausgelassen«, sagte Tim schroff.

»Ja«, gab Dr. Reid zu. »Das habe ich getan. Wenn man unter einer solchen Spannung steht, fällt es einem schwer, sich selbst zu analysieren, besonders wenn man weiß, daß man kein Verbrechen begangen hat.«

»Sie könnten es auch getan haben!« rief Peter nervös. »Natürlich könnten Sie es getan haben! Wie können Sie dasitzen und in aller Ruhe behaupten, daß einer von uns heute nacht Morde verübt haben könnte, während Sie selbst all das geplant haben mögen? Was für eine großartige Methode, Zeit für den nächsten Zug zu gewinnen!«

»Wollen Sie etwa andeuten ...«, begann Dr. Reid und wollte wütend vom Stuhl aufspringen.

»Natürlich will ich das! Setzen Sie sich!« Peter stand da und schaute ihn an. »Sie haben uns gesagt, daß wir Mörder sein könnten — und Sie könnten auch einer sein. Sie höfliches Ungeheuer von Intoleranz, der Sie sich im Gewirr Ihrer veralteten Meinungen so sicher fühlen! Sie sind ein starrsinniger Mann, Dr. Reid«, fuhr er ruhiger fort. »Sie sind daran gewöhnt, zu handeln, ohne auf fremden Rat zu hören. Angenommen, Sie fänden die Durchführung eines Ihnen sehr am Herzen liegenden Planes von einer anderen Person oder einer Gruppe von Personen für alle Zeiten vereitelt. Angenommen, Sie wären wegen dieser Person oder Gruppe gezwungen, Ihre ganze geheiligte Lebensführung aufzugeben und nach Ihnen völlig fremden Prinzipien zu leben und zu handeln. Glauben Sie nicht, daß Sie dann töten könnten? Dr. Reid, der unerschütterliche Felsen des Akademikertums, der sich einer Veränderung ausgesetzt sähe: würde er dann nicht zum Mord getrieben werden?«

»Natürlich könnte es so sein, Peter«, warf Sylvia ein. »Aber, um Himmels willen, hört doch auf, einander anzufeinden! Ihr wißt, daß wir keine Zeit haben, euch anzuhören.«

Peter schaute sie mit einem schwachen, reuigen Lächeln an. Der Kampf um die Selbstbeherrschung zeigte sich sogar bei Sylvia.

»Vielen Dank, meine Liebe«, konnte er schließlich ruhig genug sagen. »Ich werde ein guter Junge sein.«

»Es ist ganz entsetzlich«, sagte Hank nachdenklich. »Wenn ich mir vorstelle, daß ich wirklich ein Mörder sein könnte.«

»Oh, nein, Sie könnten es nicht sein, Hank«, sagte Peter. »Wenn Sie nicht das wären, was Sie sind, würden Sie hübsche Parfümfläschchen entwerfen.«

Hank zuckte mit den Schultern, ohne eine Antwort zu geben. Peter setzte sich wieder.

»All diese Analysen sind sehr interessant«, sagte er. »Aber ich glaube, Dr. Reid geht von einer falschen Voraussetzung aus. Der Bursche, der sich unser Gastgeber nennt, kann einfach keiner von uns sein.«

»Warum nicht?« fragte Hank. »Dr. Reid hat uns den teuflischen Plan unseres Gastgebers enthüllt. Ja — unser Gastgeber ist hier — er lächelt mich an, während ich spreche! Mein Gott, ich wünschte, ich wüßte, wen von Ihnen ich erwürgen müßte.«

»Sie können meinetwegen gleich anfangen«, murmelte Sylvia matt. »Vielleicht erwischen Sie sogar den Richtigen.«

»All dieser Unfug könnte ganz spaßig sein, wenn er nicht so grausam wäre«, bemerkte Tim mit einem Seufzer. »Aber das gibt uns keine Antwort auf die wichtige Frage: Wie kommen wir hier heraus?«

»Ja!« Hank brüllte förmlich, als er aufsprang. »Wir reden und reden und sitzen da — und inzwischen kriecht der Tod immer näher an uns heran. Hier geschehen Morde — seltsame, verrückte, schreckliche Morde —, und wir sitzen da. Eine körperlose Stimme teilt uns mit, daß wir alle noch vor dem Morgen tot sein werden ... *und — wir — sitzen — da!* O Gott!« Er sank in seinem Sessel zusammen, denn aus dem Radio ertönte ein Knacken.

Der Gong schlug dreimal.

»Sitzen Sie ganz still, meine Freunde«, sagte die Stimme des Gastgebers.

»Ich will nicht!« schrie Jean und ruckte empor. »Ich will hier heraus — ich will heraus!«

»Jean!« Hank und Sylvia waren aufgesprungen und eilten auf sie zu.

»Lassen Sie sich nicht verrückt machen«, bat Hank und legte beruhigend eine Hand auf ihre Schulter.

Sylvia legte einen Arm um Jeans Hüfte und setzte sich neben sie aufs Sofa. Hank beugte sich über die Lehne und beobachtete sie gespannt, als die Stimme weitersprach.

»Meine Freunde, es ist nahezu ein Uhr. Ich werde meinen nächsten Gegner in unserem kleinen Spiel auswählen.«

»Mein Gott!« stieß Dr. Reid hervor.

»Ich nehme an, Sie haben sich gut amüsiert während unserer — soll ich sagen — Freizeit? Aber die Uhr tickt, und unser Spiel geht weiter. Inzwischen haben Sie sich, glaube ich, mit meiner Spieltechnik vertraut gemacht. Die beiden, die in ihrem Wettstreit mit mir versagt haben, waren die Schwächsten von Ihnen. Sie waren nicht fähig, die erfindungsreiche Kampftechnik zu meistern, die ich für Sie vorbereitet habe. Sie, die Sie mir hier zuhören, sind vielseitigere, befähigtere Persönlichkeiten. Sie sind imstande, aus dem zu lernen, was Sie gesehen haben. Ich habe als meinen nächsten Gegner einen ausgesucht, der einen schlauen Angriff wert ist ...«

Jean stieß ein leises Stöhnen aus.

»... einen, der mich besiegen könnte und doch wieder einen, von dem ich glaube, daß ich ihn überliste. Die Art meiner nächsten Spieltechnik, meine Damen und Herren, ist einmalig, amüsant und besonders für meinen Gegner vorbereitet. Der Gegner, den ich jetzt in den Ring rufe, damit er zu Ihrer Zerstreuung seine Kenntnisse zeigen soll, ist unser aller Freund Mr. Tim Slamon.«

»Um Himmels willen«, stieß Tim hervor.

»Tim!« rief Sylvia und eilte zu ihm hin. »Sie — sind hier?«

»Ja«, sagte er gepreßt. »Noch bin ich hier.«

»Beruhigen Sie sich, meine Freunde«, sagte die Stimme des Gastgebers. »Unser Wettstreit wird, wie ich es versprochen habe, ein Kampf des Geistes sein. Wenn Sie besser denken können als ich, ist unser Spiel zu Ende.«

»Denken Sie, Tim! Denken Sie!« bat Sylvia.

Tim schien sie nicht gehört zu haben. Er saß vornübergebeugt in seinem Sessel, und seine Augen starrten düster die Radiotruhe an, aus der die spöttische Stimme kam.

»Mach weiter, du verdammte Bestie«, murmelte er.

»Die Lichter gehen aus!« schrie Jean.

Die Lichter gingen aus — langsam, ganz langsam wurden die Glühbirnen dunkler.

Die Gäste riefen, schrien und fluchten in dieser rötlichen Dämmerung. Dann erstarb sogar dieses Glimmen.

»Bitte, bleiben Sie sitzen, meine Freunde«, sagte die Stimme aus dem Radio höflich. »Ich wähle mir immer nur einen Gegner auf einmal.«

Die Gäste zogen sich furchtsam vor der Radiotruhe zurück. Das Zimmer war jetzt nahezu dunkel; rote Lichtlinien, die von den Kanten der Möbel zurückgeworfen wurden, schufen geisterhafte Muster in der Düsternis. Tim Slamon saß immer noch auf der Kante seines Sessels und starrte auf das Radio.

»Tim!« schrie Sylvia.

»Hm-hm«, sagte er dumpf.

Sie bewegte sich näher zu ihm hin.

»Ich bin hier, Tim.«

Tim schien es kaum zu bemerken. Starr vor Furcht stierte er auf die in schwachem, rötlichem Glanz schimmernden Skalenscheiben.

Die Lichter erloschen.

Die Gäste fuhren empor und stolperten in der Dunkelheit durcheinander.

»Tim!« rief Sylvia. »Tim!«

Ein keuchender, unartikulierter Laut tönte von Tims Sessel her. Füße stolperten in der Dunkelheit, und hilflose Schreie wurden laut, als die Gäste in blinder Panik um sich schlugen. Die Dunkelheit schloß sich dicht um sie, wie schwarzer Samt, der an ihren Augen haftete. Eine schwache Linie zeigte sich zwischen den Fenstervorhängen, aber im Zimmer selbst herrschte tiefe Dunkelheit. Eine unsichtbare Hand zerrte den Vorhang zur Seite, aber es gab kein Licht.

Der Vorhang fiel, und ein Stöhnen von qualvoller Furcht war zu hören.

»Wer war das?« rief Peters Stimme.

»Ich — hier — Dr. Reid ...«

»Wo sind Sie? Hier ist Hank.«

»Hank! Hier ist Jean! Wo sind Sie?«

»Es kann nicht immer so schwarz bleiben!« ertönte Sylvias Stimme von der anderen Seite her. »Wo sind Sie, Jean?«

»Hier ...«, Jeans Stimme klang schwach.

Eine Hand berührte ihren Arm, und sie schrie auf.

»Nicht doch — ich bin es nur, Dr. Reid. Wer ist das?«

»Hier ist Hank. Gott sei Dank, daß ich jemanden gefunden habe ...«

»Der Schalter funktioniert nicht«, hörten sie Sylvia sagen. »Ich habe mich an der Wand entlanggetastet. Aber er funktioniert nicht. Tim!«

»Wo ist Tim?« schrie Peter. »Und wo sind die anderen? Ich kann keinen finden ...« Er stolperte gegen einen Körper. »Wer sind Sie?«

»Ich bin Sylvia. Wo ist Tim?«

Sie klammerten sich in wildem Schrecken aneinander.

Mit einem plötzlichen Aufflammen kam das Licht wieder. Halb geblendet griffen sie nach einer Sessellehne, nach einem Tisch, nach irgend etwas Festem, um sich zu vergewissern, daß sich nicht die ganze Welt um sie herum drehte. Ein langer, bebender Laut, der halb ein Stöhnen und halb ein Schreien war, durchschnitt das Stimmengewirr.

»Sylvia!« rief Peter und eilte zu ihr hin.

»Er ist tot«, sagte sie und sank in den nächsten Sessel.

Die Worte wirkten in ihrer schrecklichen Bedeutung wie ein Peitschenhieb auf die anderen.

»Er ist tot«, wiederholte Sylvia.

Hank ging zu Tims Sessel hinüber. Er war gegen die Rückenlehne zurückgesunken, und seine Hände klammerten sich um die Armlehnen.

»Ich fürchte, sie hat recht«, sagte Hank.

»Und jetzt werden Sie mir, glaube ich, zugeben müssen, daß ich die dritte Runde unseres Spiels gewonnen habe«, sagte die Stimme des Gastgebers.

»Gott helfe uns«, stöhnte Dr. Reid.

»Meine liebe Sylvia«, murmelte Jean.

Sylvia stand auf und strich eine Haarsträhne zurück, die in ihre Stirn geglitten war. Mit unsicherer Hand nahm sie dann eine Zigarette. Ihr linker Mundwinkel war in einer Mimik gehoben, die weder eine Grimasse noch ein Lächeln war. Ihr Gesicht unter dem goldenen Haar war von seltsamer Blässe.

»Ich nehme an, daß wir morgen früh wirklich alle tot sein werden«, sagte sie.

Sie zündete die Zigarette an und inhalierte den Rauch tief.

»Natürlich ist es furchtbar — aber warum schauen Sie mich alle so an?«

»Wir müssen alle daran denken«, sagte Hank Abbott

mit leiser, furchtsamer Stimme, »daß Sie jetzt eine reiche Frau sind.«

Die Worte fielen wie ein dumpfer Schlag in die Stille. Sylvia antwortete nicht. Sie stand da und schaute ihn an.

»Sie verdammter Narr!« rief Peter zornig. »Sie verdammter Narr, Hank Abbott! Wie können Sie, wo Tim ihr bester Freund war, annehmen — um Himmels willen, was ...«

»Halt!« brüllte Hank. »Ich habe es satt, höflich zu sein und mir dauernd sentimentale und philosophische Schönredereien anzuhören. Jetzt werde ich sagen, was ich denke, Tim war nichts weiter als Sylvias bester Klient. Sie hat mehr Verbrechen auf ihre Schultern geladen als alle anderen Bewohner der Stadt, und er wußte es. Keiner könnte besser als Tim Slamon Aufklärung darüber gegeben haben, wie leicht es Sylvia hundertmal hätte passieren können, daß man sie aus der Anwaltschaft ausschloß. Keiner als Tim wußte so gut über Sylvias Unehrlichkeit Bescheid. Was wurde aus dem Geld, das zur Neupflasterung der Rampart Street bestimmt war? Was wurde aus dem Verschönerungsfonds für den Audubonpark? Ich weiß es nicht, und Sie wissen es nicht — aber Sylvia weiß es — und Tim Slamon wußte es auch. Kein Wunder daß sie miaut und gelächelt hat und sagte, er wäre ihr bester Freund. Sie mußte es tun. Woher wollen wir wissen, was aus ihren Plänen zur Erringung noch größerer Korruptionsgewinne geworden ist? Wir haben keine Ahnung, ob er nicht angefangen hatte, sich ihrer Herrschaft zu widersetzen. Wie sollen wir wissen, ob er nicht bereit gewesen wäre, seltsame Dinge zu erzählen, wenn man ihm den Mund nicht geschlossen hätte!« Er hielt inne. Die anderen Gästen standen starr und in entsetztem Staunen da, als Sylvia hinüberging und vor ihm stehenblieb.

»Sind Sie fertig, Hank? Also gut. Ich habe Tim Slamon nicht getötet.«

»Natürlich haben Sie das nicht getan!« rief Dr. Reid. »Mr. Abbott ist völlig verrückt.«

Sie zündete sich eine weitere Zigarette an.

»Würde jemand — ihn wegtun? Ich kann es nicht ertragen, ihn anzuschauen.«

»Ja«, sagte Peter. »Kommen Sie mit mir, Hank«, fügte er mit spröde klingender Stimme hinzu. »Ich möchte Sie aus diesem Zimmer hier entfernen. Die übrigen können in Sichtweite bleiben.«

Sylvia wandte sich dem Fenster zu und spielte mit der Vorhangschnur, bis die anderen wieder im Zimmer waren.

»Jetzt sind nur noch fünf übrig«, sagte sie düster.

»Meine Freunde«, sagte die Stimme des Gastgebers.

»Oh — seien Sie doch gnädig!« rief Sylvia verzweifelt. »Seien Sie still!«

»Meine Freunde, nachdem Mr. Slamons Tod zur rechten Zeit stattgefunden hat, könnte uns Miss Sylvia Inglesby vielleicht erklären, warum sie es bei all ihrem Umgang mit Mr. Slamon nie erreicht hat, daß er die Folgen seiner niedrigen Herkunft überwunden hat.«

»Was meinen Sie?« schrie Sylvia. »Hören Sie auf, mich zu quälen!«

Peter nahm ihre Hände und streichelte sie sanft.

»Könnten wir nicht alle ins Schlafzimmer gehen und die Türen schließen, damit wir dieses Ding nicht hören müssen?« fragte er.

»Wir können es dort drinnen auch hören«, murmelte Dr. Reid, den Kopf in die Hände gestützt. »Er hat mehrere Lautsprecher aufgestellt.«

»Ich meine, liebe Freunde«, fuhr die Stimme ruhig fort, »daß wenn Miss Inglesby sich ein wenig Zeit von ihrer sogenannten Rechtsanwaltspraxis abgespart hätte, um Mr. Slamon die Grundelemente des guten Geschmacks beizubringen, er vielleicht noch lebend unter uns weilen würde.«

Sylvia erschauerte und krümmte sich zusammen.

Peter hielt ihre Hände, als wollte er sie stützen.

»Geben Sie mir eine andere Zigarette — irgend jemand«, murmelte sie. »Vielen Dank«, sagte sie, als Dr. Reid sich beeilte, ihren Wunsch zu erfüllen. »Glauben Sie, daß er — bald fertig ist?«

»Gibt es keinen Platz im Hause, wo sie die Stimme nicht hören muß?« sagte Hank leise zu Jean. »Ich glaube, sie wird ohnmächtig.«

»Es gibt keinen Platz«, flüsterte Jean zurück. »Sie haben gehört, was Dr. Reid gesagt hat. Überall sind Lautsprecher angebracht. Sie kann es nicht mehr viel länger ertragen. Ich — ich habe sie noch nie in dieser Verfassung gesehen.«

»Wenn Sie bitte so gut sein wollen, den Sessel zu untersuchen, in dem Mr. Slamon zum Zeitpunkt seines unglücklichen Ablebens saß«, fuhr die Stimme des Gastgebers fort, »dann werden Sie bemerken, daß die Rokokoschnitzereien kleine Knöpfe vorn an jeder Armlehne verbergen. Gleiche Knöpfe sind an den beiden Vorderbeinen versteckt. Wenn diese Knöpfe gedrückt werden, lösen sie vier Nadeln aus, von denen jede eine genügende Menge Bleitetraäthyl ins Blut injiziert, um ein schnelles Auslöschen des Lebens zu verursachen. Als die Lichter vor einigen Minuten ausgingen, zuckte Mr. Slamon zusammen, da er bereits auf Grund der Vorhersage seines baldigen Todes unter einer nervösen Spannung stand. Er ergriff die Armlehnen seines Sessels und schlang mit einer charakteristischen Bewegung seine Beine um die Vorderbeine des Sessels. Diese beiden Reaktionen sind — wie Ihnen Ihr Gedächtnis bestätigen wird — typisch für unseren dahingegangenen Freund. Wenn Mr. Slamon die Selbstbeherrschung besessen hätte, ruhig zu sitzen, als die Lichter ausgingen, wäre er vielleicht morgen früh wohlauf und munter in seinem Büro erschienen.

Dies, meine Damen und Herren, war mein Anteil an dem Duell mit Mr. Slamon. Aber die Rolle, die Miss Sylvia Inglesby dabei spielte, ist interessanter, weil sie kompliziert war. Mr. Slamon hat unter Miss Inglesbys Anleitung viel gelernt, aber eines lernte er nicht: er konnte mitunter nicht die feinen Unterschiede zwischen gutem und schlechtem Geschmack erkennen. Woher wußte ich, daß Mr. Slamon den Sessel benutzen würde, den ich für ihn präpariert hatte? Weil dieser Sessel in die Möblierung des Bungalows mit der Absicht aufgenommen wurde, Mr. Slamons Beifall zu finden, meine Damen und Herren. Wie Sie bemerken werden, hatte sich Mr. Slamon dafür entschieden, in dem einzigen Sessel in diesem Zimmer zu sitzen, der von ausgeprägt schlechtem Geschmack ist.«

Sylvias Zigarette war aus ihrer schlaffen Hand auf den Teppich gefallen. Peter trat auf die glühende Kuppe. Diese Bewegung schien ihre Aufmerksamkeit von dem Radio abzulenken. Ihre starre Selbstbeherrschung zerbrach. Sie riß ihre Hände aus Peters Griff los und bedeckte ihr Gesicht.

»Sylvia! Liebe Sylvia!« rief Jean sanft und ging auf sie zu.

Sylvia zuckte zusammen und schaute auf.

»Lassen Sie mich in Frieden!« schrie sie. »Lassen Sie mich in Frieden! Um Himmels willen, lassen Sie mich hier heraus! Wenn dieses Ding wieder spricht — lassen Sie mich, Peter! Ich möchte hinaus — ich will hier endlich heraus!«

In verrückter Verzweiflung sprang sie auf, rannte zur Tür und riß sie auf. Ihre Absätze klapperten auf dem Fliesenweg.

»Sie darf die Außentür nicht berühren!« schrie Peter.

Aber sie war schon weit vor ihnen und hämmerte mit den Fäusten gegen die Türfüllung.

»Laßt mich hinaus!« schrie sie. »Kann mich niemand hören? Laßt mich ...«

Als die anderen herankamen, brach Sylvias Stimme.

Für einen Sekundenbruchteil flammte ein blaugrüner Blitz über ihre Finger, und ihr Körper bäumte sich unter der grausigen Kraft auf, die von der Tür ausströmte. Die anderen hielten in sprachlosem Schrecken inne. Mit einer krampfhaften Bewegung legte Dr. Reid die Hand über die Augen. Einen Augenblick lang hing die weiße Gestalt bebend dort, während der Strom durch die Seide ihres Kleides zischte. Dann plötzlich, ehe einer von den Gästen zu einer weiteren Bewegung fähig war, fiel der Körper zusammengekrümmt auf die Fliesen.

Peter packte Hanks Arm, und ihre Blicke trafen sich. Hank nickte. Dann wandte er sich ab, als könnte er Peter oder den reglosen weißen Körper, der auf dem Gang lag, nicht anschauen.

»Sylvia hat sich selbst getötet«, sagte er, und seine Stimme klang so gedämpft, als ob er in ein Kissen spräche. »Und ich habe mitgeholfen, sie in den Tod zu treiben.«

Aus Jeans Kehle drang ein Rasseln, und sie wandten sich ihr zu und starrten sie an. Dr. Reid streckte instinktiv einen Arm aus, als ob sie fiele. Aber Jean starrte in aufrechter Haltung auf die Tür.

»Dr. Reid hatte recht«, sagte sie mit seltsam metallisch klingender Stimme. »Er hatte recht, als er sagte, daß sie verrückt werden würde, wenn irgend etwas ihre Selbstbeherrschung zerbräche. Die Tür war die ganze Zeit über da.«

»Aber die Sperre ist nicht mehr da!« rief Hank wie in einer plötzlichen Erkenntnis aus. »Der Strom ist abgeschaltet. Sie hätte nicht fallen können, wenn er den Strom nicht abgeschaltet hätte.«

Die drei anderen bewegten sich wieder. Peter streckte eben eine Hand in Richtung der Tür aus, als ein trockenes Lachen in der Luft über ihnen ertönte.

»Bitte, verhüten Sie es, daß wir einen weiteren Selbstmord erleben, meine Freunde«, sagte die kühle, sardonische Stimme ihres Gastgebers. »Der Strom in der Tür wurde nur für einen Augenblick abgeschaltet. Jetzt wirkt eine Berührung der Tür wieder ebenso tödlich wie vor fünf Minuten, und ich möchte keinem raten, es auszuprobieren.«

Hank stöhnte hilflos. Jean trat plötzlich einen Schritt vor.

»Sylvia!« rief sie verzweifelt. »Sylvia!«

Sie ließ sich neben der vor ihnen liegenden Gestalt im weißen Seidenkleid auf die Knie sinken. Die anderen beugten sich furchtsam über sie. Hank tastete an dem schlaffen Handgelenk nach dem Puls und ließ die Hand wieder sinken.

»Tot«, sagte er mit hohler Stimme.

»Es kann nicht sein!« rief Jean. »Sylvia kann nicht tot sein. Sie hat nie zuvor in ihrem Leben den Kopf verloren.«

Hank machte eine müde Geste.

»Aber es ist ihr widerfahren«, sagte er leise. »Es passierte ihr, nachdem sie länger als jeder von uns ausgehalten hatte. Wie Sie schon sagten, Jean: Dr. Reid hatte recht. Die Tür war die ganze Zeit über hier, ohne daß sie daran gedacht hätte, sie anzufassen. Aber dann hat sie in ihrer Erregung vergessen, daß die Tür gerade für diese Art von Mord präpariert war.«

»Ich — ich möchte weinen wie ein kleines Kind«, sagte Peter.

»Sie war eine so erstaunliche Erscheinung«, sagte Jean weinend. »Die schönste und aufsehenerregendste Frau, die ich je gekannt habe.«

»Hört!« rief Peter.

Sie standen da und schauten einander an, starr vor Schrecken. Durch die offene Tür des Vorderzimmers hörten sie die Uhr eins schlagen.

8

Hank vergrub das Gesicht in den Händen.

»Ich kann es nicht ertragen«, sagte er. »Sylvia verlor die Beherrschung, und ich habe dazu beigetragen.«

Peter legte eine Hand auf seine Schulter. Sie waren wieder im Vorderzimmer und hatten sich um das Radio gruppiert, das sie mit einer schrecklichen Faszination immer wieder anzog, obwohl sie es so fürchteten. Der Raum — nicht mehr erfüllt von dem Gold- und Elfenbeinschimmer um Sylvia — atmete eine häßliche, drohende Atmosphäre.

Wohl zum ersten Male begriffen die anderen, wie sehr Sylvias kühle Selbstbeherrschung sie gestützt hatte.

»Es war nicht Ihre Schuld, Hank«, sagte Peter. »Wir alle haben das gedacht, was Sie sagten. Unter einer derartigen Spannung wie jetzt kann niemand dafür zur Rechenschaft gezogen werden, daß er Dinge sagt, die er zu anderen Zeiten um keinen Preis offenbart hätte.«

»Es lag auch gar nicht an dem, was Sie gesagt haben«, warf Jean ein. Ihre Stimme zitterte, trotz der Anstrengung, ruhig zu sprechen. »Es war jene Radiostimme — jene schreckliche Stimme, die ihr sagte, sie wäre der Grund für Tims Tod. Diese Anschuldigung würde jeden verrückt gemacht haben.«

Hank schüttelte den Kopf.

»Nein«, sagte er starrsinnig. »Nein. Zum ersten Male in ihrem Leben verlor Sylvia die Selbstbeherrschung, und ich habe sie dazu getrieben.«

Kurze Zeit sprach keiner. Dann zuckten sie alle entsetzt zusammen, denn aus dem Radio klang ein schwaches Rauschen.

»Unsere Reihen scheinen sich etwas gelichtet zu haben«, sagte die Stimme des Gastgebers. »Ich sehe, daß nur noch vier Gäste übrig sind, um sich dessen zu erfreuen, was der reizendste Teil unseres Abendprogramms sein wird — das versichere ich Ihnen. Da ist Dr. Murray Chambers Reid, der wohlbekannte Erzieher, über dessen Laufbahn eine Übersicht nicht nur in dem Nachschlagewerk ›Wer ist wer?‹ zu finden ist, sondern in zahlreichen laufenden Veröffentlichungen, in denen von den Führern der intellektuellen Welt die Rede ist. Da ist Miss Jean Trent, Jean Trent mit der honigsüßen Stimme und dem goldenen Charme — die reizende Jean Trent, geboren aus einem Schimmer von Sternenlicht und verstreuten Blütenblättern ...«

»Oh, hören Sie auf!« schrie Jean.

»... und Mr. Peter Daly, der die Erwähnung in ›Wer ist wer?‹ trotz Miss Trents Groll verdient hätte. Peter Daly, der Mann mit der amüsanten Persönlichkeit und dem vielgelobten Talent. Und Mr. Henry L. Abbott, der reizende Dilettant, der in Freundeskreisen als Hank bekannt ist. Das sind vier Gegner, die meine eigenen besten Anstrengungen wert sind, möchte ich sagen; vier Leben, die den interessantesten Tod verdienen. Denn zweifeln Sie nicht daran, meine Freunde; Sie werden vor dem Morgen tot sein.«

»Verdammter Kerl!« stieß Hank hervor. »Verdammter Kerl!«

Sie schauten einander in dumpfer Entschlußlosigkeit an. Die Atmosphäre im Zimmer war bedrückend. Um frische Luft zu bekommen, hätten sie die auf den Dachgarten führenden Fenster oder die Tür öffnen müssen. Aber schon der Gedanke an die Särge, die dort mit ihren schrecklichen Lasten lagen, ließ sie erschauern. Die abgestandene Luft in dem Zimmer, in dem sie sich aufhielten, war zum Ersticken heiß geworden, und Zigarettenrauch hing in dichten Schwaden unter der Decke.

Dr. Reid ging hinüber, um sich eine Zigarette vom Ecktischchen zu holen. Peter folgte ihm, lehnte sich gegen die Wand und sprach leise mit Dr. Reid.

Hank setzte sich an Jeans Seite. Er bedeckte eine ihrer Hände mit seiner. Sie schaute auf und schenkte ihm ein dankbares kleines Lächeln. Hank beugte sich vor und sprach in vorsichtig leisem Tonfall zu ihr.

»Jean, schauen Sie mich an.«

Sie hob wieder die Augen.

»Was halten Sie von Peter?«

»Ich weiß nicht«, erwiderte sie mit einer Stimme, die kaum mehr als ein Flüstern war. »Er hat einen Grund, mich zu töten. Ich habe darüber gesprochen. Aber warum sollte er Sylvia töten — und Margaret und Jason Osgood und jenen fremden Mann, der aus dem Wandschrank gefallen ist? Ich bin viel zu verstört, um noch irgend etwas analysieren zu können, Hank.«

»Ich habe Peter gern«, sagte Hank zweifelnd. »Aber ich mache mir nichts aus Dr. Reid. Und nach allem, was wir gesehen haben, halte ich es für das beste, wenn wir sie beide gut beobachten. Verdammt genau beobachten, Jean. Ich kann irgendwie nicht begreifen, daß ein Mann allein all dies getan haben soll. Es ist zu vollkommen.«

Jean erschauerte.

»Möchten Sie mir bitte eine Zigarette geben, Hank? Ich zittere am ganzen Körper.«

Er stand auf.

»Sie sind auf dem Tisch dort in der Ecke, wo Dr. Reid und Peter miteinander sprechen. Kommen Sie mit. Vielleicht können wir hören, was sie sagen.«

Sie folgte ihm, aber als sie sich der Ecke näherten, gingen Peter und Dr. Reid davon und setzten sich auf zwei Sessel an der anderen Seite des Zimmers.

»Sprechen Sie weiter«, sagte Peter leise. »Womit drohte Hank Ihnen?«

»Es war nicht direkt eine Drohung«, antwortete

Dr. Reid. »Er kam eines Tages, etwa eine Woche nach seiner Entlassung, in mein Büro und sagte einfach, er dächte, die gelehrte Welt würde durch meinen Tod sehr verbessert werden.«

Peter nickte.

»Ich versuche nicht, Beweismaterial gegen jemand zu sammeln. Ich möchte nur Klarheit in die Dinge bekommen. Irgend jemand hat dies alles auf dem Gewissen — dessen sind wir sicher.«

»Und ich glaube immer noch, daß es einer von uns ist«, sagte Dr. Reid fest.

»Das ist eine schreckliche Feststellung, Dr. Reid«, sagte Jeans Stimme hinter ihnen.

Er fuhr hoch und drehte sich um. Sie ging zu einem Sessel und setzte sich.

»Sie wiederholen beharrlich diese Behauptung«, fuhr sie fort. »Mir wäre lieber, Sie würden damit aufhören. Wir sind alle erschreckt und verwirrt und können nicht richtig denken.«

Dr. Reid schaute sie gerade an.

»Der Grund, warum wir nicht klar denken können, ist nur zum Teil darin zu suchen, daß unsere Geisteskräfte von dem Entsetzen über das gelähmt sind, was wir gesehen haben, und aus Furcht vor dem, was noch kommen wird«, sagte er. »Es liegt auch daran, daß wir durch die Einmischung jener Person in diesem Zimmer, die unsere Vernichtung geplant hat, behindert werden. Wer auch diese Person sein mag: sie beteiligt sich an unseren Diskussionen unter dem Deckmantel der Anteilnahme und versteht es dabei, uns zu falschen Schlüssen zu verleiten und unsere Aufmerksamkeit auf falsche Ziele zu lenken.«

Er schaute jeden der anderen drei der Reihe nach herausfordernd an.

»Sie bleiben also bei Ihrer Behauptung, daß unser Mörder unter uns ist?«

»Ich bin dessen sicher.«

»Ich bin immer noch nicht Ihrer Meinung«, sagte Peter. »Aber wenn Sie recht haben, ist es sehr dumm von Ihnen, alles zu sagen, was Sie denken. Es ist dumm von uns allen. Wir verschaffen ihm einen wunderbaren Einblick in unsere Reaktionen und unser Gefühl der Hilflosigkeit.«

Jean drehte mit nervösen Fingern Knoten in ihr Taschentuch. Sie schaute zu den beiden gekreuzten Degen empor, die über der Radiotruhe hingen.

»Mir — mir ist es gleichgültig, ob er hier ist oder nicht«, sagte sie fast flüsternd. »Wir sind ihm auf alle Fälle hilflos ausgeliefert. Es hilft uns nichts, ob wir reden oder still sind. Wir könnten uns ebensogut jene Klingen dort in den Leib jagen, statt zu warten.«

»Ja«, sagte Hank verzweifelt. »Etwas Schreckliches lauert in diesem Haus — etwas Gräßliches, Böses. Es lauert wie ein Vampir und stürzt sich immer nur auf einen von uns. Wir können nicht entkommen. Irgendwer beobachtet uns und lacht, weil er sieht, wie wir kämpfen und ihm doch nicht entkommen.«

»Und jeder von uns, der heute nacht in seine Falle ging, hat genau das getan, was er prophezeite«, sagte Dr. Reid. »Er hat seine verwundbare Stelle entblößt. Mrs. Chisholm hatte ein Geheimnis, und es tötete sie. Jeder von den anderen stürzte sich bewußt in den Tod. Wenn wir nur stillsitzen und angesichts dieses Schreckens die Selbstbeherrschung behalten könnten, wäre es möglich, zu entkommen.«

Hank stand auf und goß sich einen Whisky ein.

»Ein guter Rat«, sagte er. »Aber ich kann wohl nicht stillsitzen, jeder Nerv in meinem Körper zuckt.«

»Ich selbst bin entschlossen, zu bleiben, wo ich bin«, sagte Dr. Reid. »Um mein Leben zu retten, werde ich versuchen, keine Herausforderung anzunehmen, die er an mich richten könnte. Ich werde nicht selbstverschuldet in den Tod gehen, wie es meine unglückseligen Freunde getan haben. Vielleicht ist es gut für Sie, wenn Sie die gleiche Methode anwenden.«

»Ich bin zu verstört, als daß ich kritisch denken könnte«, sagte Hank. »Es ist mir, als ob etwas in meinem Kopf zerspränge.«

Jean zog die Beine unter ihren Leib und seufzte erschöpft.

»Ich kann weder denken noch handeln«, flüsterte sie mit steifen Lippen. »Ich kann nur warten.«

Peter sagte nichts. Er rauchte in schnellen, nervösen Zügen. Sein Aschenbecher war mit verkohlten Stummeln gefüllt.

Hank warf sich in einen Sessel und ließ den Kopf in die Hände sinken.

»Ich glaube, ich werde verrückt«, sagte er heiser. »Es ist, als ratterte mein Gehirn in meinem Schädel. Ich kann nicht stillsitzen, und ich fürchte mich davor, mich zu bewegen. Jeder Sessel in diesem Zimmer kann eine Todesmaschine sein. Jedes von diesen Streichhölzern könnte explodieren, wenn ich es anreiße. Dies ist ein Totenhaus, voll von Todesfallen, und wir ...«

»Oh, Hank, seien Sie still!« bat Jean kläglich.

»Können Sie nicht still sein?« sagte Dr. Reid schroff.

Peter griff nach einer neuen Zigarette und zündete sie am Rest der anderen an.

»Meine Freunde«, sagte die Stimme des Gastgebers.

Jean schrie auf und zitterte. Hank fuhr zurück, als hätte ihn ein Schlag getroffen. Peter und Dr. Reid blieben, wie von einer verzweifelten Selbstbeherrschung gebannt, starr sitzen.

»Es ist nicht nötig, Befürchtungen wegen möglicher Gifte zu hegen, die irgendwo hier im Zimmer verborgen sein könnten«, sagte die Stimme tadelnd. »Ich bin erstaunt, daß Sie mich für so einfallslos halten. Ich bin durchaus fähig, mir acht verschiedene Todesarten auszudenken, und es langweilt mich, daß ich Ihnen dies immer wieder versichern muß. Bitte glauben Sie mir, daß kein Gift in diesem Zimmer verborgen ist, Sie können sich ruhig in jeden Sessel setzen, jede Zigarette rauchen, die Sie mögen, jedes Streichholz benutzen und jedes Getränk zu sich nehmen. Erlauben Sie mir zu wiederholen, daß es für Sie nur eine Gefahr in diesem Hause gibt: die Gefahr, daß Sie mich in jenem besonderen Wettstreit, den ich für Sie geplant habe, nicht übertreffen können. Keiner von Ihnen ist von demselben Tod bedroht, der für ein anderes Mitglied Ihrer Gesellschaft bestimmt ist. Keiner von Ihnen wird durch Zufall sterben, und jeder von Ihnen wird so sterben, wie ich es geplant habe — oder trotz meines Planes am Leben bleiben.«

Die Stimme schwieg. Das Schweigen hing drohend über ihnen. Jean kauerte sich noch mehr in ihrem Sessel zusammen.

»Er hört alles, was wir sagen.« Diese Worte kamen stammelnd über ihre Lippen. »Er sieht alles, was wir tun. Oh ...« Sie beugte sich zitternd zum Radio hin. »Wo sind Sie verborgen?«

»Du denkst, du bist ganz sicher, nicht wahr?« rief Peter plötzlich zum Radio hin. »Du meinst, keiner von uns hätte genug Verstand, dich zu finden! Nun — du scheinst recht zu haben.«

Er folgte Hanks Beispiel und schenkte sich einen Whisky ein. So, als ließen ihn seine überspannten Nerven nicht zur Ruhe kommen, ging er zum Vorderfenster und starrte hinaus. Er schaute zu den Wolken empor, die wie Fetzen über den Himmel wehten, und dann glitt sein Blick zur Mauer des Dachgartens.

»Wir sind der Straße so nahe«, sagte er, »und können sie doch nicht erreichen. Es ist die artistische Vollendung dieses Vorgehens, die mich verrückt macht, dieses tödliche Selbstvertrauen jener Kreatur. Er begeht keine Ungeschicklichkeit. Er läßt uns im Dunkeln tappen und belustigt sich darüber.«

Er durchquerte das Zimmer und stützte den Ellbogen auf die Radiotruhe.

»Du verdammter Kerl«, sagte er auf die Skalenscheibe hin.

Keiner sprach. Sie saßen in verzweifeltem Schweigen da. Ihr Mißtrauen war zu stark, als daß sie noch miteinander sprechen konnten. Aber diese Stille wirkte bedrohlicher als jede Verwirrung von Schreien und Flüchen. Die Uhr an der Wand schien zu beben — schon allein ihr Tikken klang irgendwie atemlos. Die Minuten vertropften, und die Gäste taten nichts, um zu entkommen. Nachdem sie in jeder Runde geschlagen worden waren, warteten sie nur noch; einer nach dem anderen würden sie dahingehen. Die kleine Uhr verschlang förmlich die Zeit. Peter stand am Radio und schaute durch den raucherfüllten Raum. Sein Blick hatte etwas von der furchtbaren Starrheit des Irrsinns angenommen.

»Die Lichter gehen wieder aus!« rief er.

Jeans Hände glitten an ihre enger werdende Kehle. Mit fast unmerklicher Langsamkeit erloschen die Lampen.

»Wie spät ist es?« fragte Dr. Reid.

Seine Stimme war fast unhörbar und sein Gesicht aschfahl.

»Ein Viertel vor zwei«, sagte Hank.

Keiner bewegte sich. Von Entsetzen gelähmt, beobachteten sie die ausgehenden Lichter. Die Furcht schien sie betäubt und ihnen den Verstand geraubt zu haben. Die Dunkelheit kroch wie ein scheußliches, mörderisches Tier auf sie zu. Es war still im Raum, und nur ihre schnellen, keuchenden Atemzüge waren zu hören. Ihre Nerven waren zu sehr gespannt, als daß sie hätten schreien können. Dann war es schwarz. Einer von den Männern tat einen tiefen Atemzug, und aus Jeans Kehle kam eine Art von Rasseln. Diese Geräusche schienen die Stille noch undurchdringlicher zu machen. Dann waren ein hohler

Knall und das Geräusch von zersplitterndem Glas zu hören.

Ein Schrei und ein Ausruf des Schreckens schallten durch das Zimmer, und das Poltern von umfallenden Stühlen erklang, als sich die Gäste in der Dunkelheit in Sicherheit zu bringen versuchten.

»Ist jemand hier?« schrie Jean.

»Ich bin da«, antwortete Peters Stimme. »Jean, wo sind Sie?«

»Hier!« schrie sie. »Hier! Ich stehe still, Peter — können Sie mich finden?«

Stolpernde Schritte. Peter tastete sich über den Teppich.

»Hier!« schrie Jean wieder und streckte ihre Hände aus.

Einen Augenblick später ergriff er sie.

»Lassen Sie nicht los«, flüsterte er. »Der Himmel allein weiß, was sonst noch geschehen mag. Was ist das?«

Ein leises Stöhnen ertönte vorn in der Ecke bei einem der Vorderfenster.

»Hank! Dr. Reid!« rief Peter. »Wo sind Sie? Wer von Ihnen ist verletzt?«

Keine Antwort.

»Schauen Sie!« schrie Jean. »Peter — das Fenster ...«

Mit weit aufgerissenen Augen starrten sie in die Dunkelheit und konnten gerade die schwach schimmernden Umrisse der Fenster erkennen. Die dunkle Masse, die sich vor der unteren Fensterhälfte abzeichnete, war der Sessel, in dem Hank gesessen hatte. Darüber, zwischen den Vorhängen, sahen sie ein Loch und die Zacken von zersplittertem Glas.

»Erschossen — durch das Fenster«, flüsterte Jean.

Peter riß sie förmlich durch das Zimmer.

»Hank!« rief er. »Hank!«

Beim Fenster ließen sie sich los und tasteten nach ihm.

»Hier ist er — hier«, sagte Jean. »Hank!« Sie schüttelte ihn. »Hank! Uuuhh!« Sie sank gegen Peter.

»Was ist los? Sind Sie verletzt?«

»Nein — aber ich habe es gefühlt, Peter! Ich kann es nicht wieder berühren — dieses klebrige Blut — an seinem Kopf ...«

Er legte einen Arm um ihren zitternden Körper, um sie vor dem Hinfallen zu bewahren. Die Lichter flammten auf. Als Jean und Peter vor der Helligkeit zurückzuckten, schlug die Uhr an der Wand zwei.

Eine Ecke des Teppichs war umgeschlagen, und zwei Stühle lagen auf der Seite. Eine Stehlampe lehnte schief gegen das Sofa. Aber Jean und Peter sahen kaum die Unordnung des Zimmers. Sie starrten Hank an, der zusammengesunken vor ihnen im Sessel saß. Blut rann von seiner Schläfe herab.

»Er ist nicht tot«, sagte Peter. »Er atmet. Hank!«

Hank hob den Kopf, schaute sich benommen um und hob dann eine zitternde Hand an die Stirn.

»Mein Gott«, sagte er und schaute bestürzt auf seine Finger.

»Sie sind nicht getötet worden«, sagte Jean. »Hank — können Sie mich verstehen? Er hat durch das Fenster geschossen und Sie verfehlt.«

Hank grinste schwach.

»Nein, ich bin nicht getötet worden. Eine Minute lang dachte ich es fast. Möchten Sie mir etwas zu trinken geben, Peter. Mein Gott!«

Er starrte an ihnen vorbei, und sie drehten sich um und folgten der Richtung seines Blicks. In dem Stuhl hinter Jean und Peter saß zusammengesunken Dr. Reid, und ein roter Blutfleck breitete sich auf seiner Hemdbrust aus.

Peter eilte zu ihm hin. Hank und Jean schauten mit verstörten Gesichtern zu, während Peter vergeblich versuchte an Dr. Reids schlankem weißen Handgelenk den Puls zu finden.

»Tot?« fragte Jean mit schwacher Stimme.

Peter nickte. Sein Blick glitt zu der zerbrochenen Fensterscheibe hin. »Es ist leicht zu erkennen, was geschehen ist«, sagte er. »Der Schuß war auf Dr. Reid gezielt und wurde durch das Fenster abgefeuert. Hank saß im Wege, und die Kugel streifte seinen Kopf. Der Mörder muß einen Schalldämpfer auf der Waffe gehabt haben, sonst hätten wir einen lauteren Knall gehört.«

»Fühlen Sie sich wieder besser, Hank?« fragte Jean ängstlich.

»Ja. Ich bin nicht stark verletzt. Der Streifschuß hat mich nur etwas aus der Fassung gebracht. Würden Sie mir etwas zu trinken geben?«

»Natürlich.« Sie ging zu dem Tisch, auf dem die Flaschen standen. »Kognak?«

»Ja, bitte.«

Sie brachte ihm ein Glas und wischte ihm mit dem Taschentuch das Blut von der Schläfe.

»Es blutet nicht mehr stark. Die Kugel hat die Haut nur gestreift.«

Er leerte sein Glas und stand auf.

»Ist das alles? Ich komme mir wie ein kleiner Junge vor, weil ich so ein Theater gemacht habe. Ich dachte, ich wäre halbtot. Sind Sie sicher, daß Dr. Reid tot ist, Peter?«

»Ja. Die Kugel hat ihn erwischt, soviel ich sehen kann. Er muß sofort gestorben sein.«

Hank erschauerte. Er sank auf das Sofa.

»Ich glaube, ich benehme mich wie ein Kind«, sagte er. »Aber ich bin noch immer ganz erschüttert. Und wenn man einen Menschen tot sieht, dann erinnert man sich nicht gern daran, daß man zu ihm solche Dinge gesagt hat wie ich zu Dr. Reid.«

»Hören Sie auf, sich selbst anzuklagen, Hank«, bat Jean und ging hinüber, um sich neben ihn zu setzen. »Wir alle haben heute nacht Dinge gesagt, die wir unter anderen Umständen nie gesagt hätten. Wir alle — und es hat uns nichts genützt: nur noch drei von uns sind am Leben.«

»Drei sind noch am Leben«, wiederholte Hank wie in Trance. »Drei — und wir waren acht.«

»Bitte«, sagte Jean mit bebender Stimme. »Können wir nicht diesen Sessel herumdrehen oder irgend etwas machen, damit wir — das nicht anschauen müssen?«

»Nein«, sagte Peter kurz. »Noch nicht. Ich möchte erst etwas sehen.«

Hank schaute auf.

»Was sehen, Peter?«

»Ich möchte sehen, was geschah, als der Schuß Dr. Reid getötet hat. Es ging alles so schnell, daß ich nicht zum Denken kam. Aber etwas ist mir jetzt aufgefallen.«

Hank sprang auf.

»Ich glaube, ich weiß, was Sie meinen. Ich habe eben eine Idee gehabt.«

Wie von einem gemeinsamen Impuls gelenkt, gingen er und Peter zusammen zum Fenster und schauten hinaus.

»Ich weiß, daß es nicht angenehm ist, den Toten im Zimmer zu haben, Jean«, sagte Peter über seine Schulter hinweg. »Aber ich möchte noch eine Minute alles so lassen, wie es ist.«

»Schon gut«, sagte sie. »Ich werde nicht ohnmächtig werden. Ich bin jetzt ruhiger als vorher, glaube ich.«

Sie beobachtete Peter und Hank, die durch das Kugelloch in der Fensterscheibe spähten. Gleich darauf schauten die beiden einander an.

»Wir stellen uns beide dieselbe Frage«, sagte Hank. »Wohin, um alles in der Welt, ist er verschwunden?«

Peter nickte. Ein seltsamer Ausdruck von Grimm lag auf seinem Gesicht.

»Was ist los?« fragte Jean und kam auf sie zu.

»Schauen Sie«, sagte Hank. »Und denken Sie daran, daß Dr. Reid mit dem Gesicht zum Fenster saß.«

Sie stieg auf den Sessel, in dem Hank gesessen hatte und spähte über die Köpfe der beiden hinweg durch das Glas.

»Ich verstehe«, sagte sie. »Er muß dicht außerhalb des Fensters gestanden haben, um den Schuß abzufeuern.«

»So ist es«, sagte Peter. »Die Kugel, die Dr. Reid getötet hat, wurde schräg über Hanks Kopf abgefeuert. Ihre Flugbahn ging nach unten. Das Loch im Glas ist dicht über Hanks Sessellehne. Dort kam die Kugel herein, streifte Hanks Schläfe und traf Dr. Reids Herz, das noch tiefer lag.«

»Ja«, sagte Hank. »Die Kugel flog schräg nach unten, aber sie kann nicht von einem Mann abgefeuert worden sein, der auf der Mauer des Dachgartens gestanden hat, weil sie dann in den Boden geschlagen wäre, bevor sie Dr. Reid treffen konnte.«

»Dann gibt es nur eine Schlußfolgerung«, sagte Peter und sah sie beide aus eng zusammengezogenen Lidern an.

»Er ist auf dem Dachgarten!« rief Jean.

»Er ist auf dem Dachgarten«, sagte Hank. »Es sei denn, er hat den Strom an einer von den Türen abgestellt und ist auf das Dach geschlüpft.«

»Wollen wir hinausgehen und nach ihm suchen?« fragte sie eifrig. »Bitte!« Sie sprang vom Sessel herab. »Wir können die Degen nehmen, die über dem Radio hängen ...«

Während sie sprach, kletterte sie schon auf einen anderen Sessel und nahm die Degen von der Wand, die gekreuzt über der Radiotruhe hingen. »Er hat eine Waffe«, sagte sie schnell. »Aber Sie sind zu zweit.«

Sie stand noch auf dem Sessel und schaute die beiden an. Peter warf ihr einen zweifelnden Blick zu.

»Seien Sie nicht so einfältig«, sagte er schroff. »Er hat eine Waffe, und Degen sind nur auf ganz kurze Entfernung wirksam. Angenommen, er ist auf dem Dachgarten, dann bieten wir ihm unser Leben wie auf dem Präsentierbrett an, wenn wir hinausgehen.« Sie stieg vom Sessel herab und legte die Degen auf den Boden.

»Sie wollen damit sagen, daß Sie Furcht haben?«

»Ja«, sagte Peter mit lakonischer Offenheit.

Hank lächelte geringschätzig, als er ihren entschlossenen Gesichtsausdruck sah.

»Sie wissen, daß er recht hat. Peter ist tatsächlich der einzige Kämpfer von uns. Sie haben viel Mut, aber Sie sind so ein Leichtgewicht, daß er Sie wahrscheinlich mit einer Hand über die Mauer werfen könnte. Und ich muß zugeben, daß ich noch ein wenig benommen bin.«

Jean setzte sich entmutigt nieder.

»Es hat keinen Sinn, daß wir uns den Toten noch länger anschauen«, sagte Peter.

Er gab dem Sessel, der dem Fenster gegenüberstand, einen Stoß, so daß er sich mit der Vorderseite zur Wand hin drehte.

Jean stützte das Kinn müde auf die Hand.

»Glauben Sie, daß er die ganze Zeit über dort gewesen ist?« fragte sie mit zitternder, kleiner Stimme.

»Ich weiß es nicht«, sagte Hank. »Ich verstehe das alles nicht. Ich nehme an, keiner versteht es — außer unserem Gastgeber.«

»Natürlich versteht Ihr Gastgeber das alles«, ertönte die Stimme aus dem Radio.

»Oh, zur Hölle mit dir!« schrie Hank und sprang auf. »Dann erkläre es uns! Erklär es uns! Wie starb Dr. Reid?«

»Durch einen Pistolenschuß, mein Freund.«

Hank sank mit einem unterdrückten Stöhnen in den Sessel zurück.

»Er wird mich noch verrückt machen«, sagte er matt.

»Ich — ich weiß es«, sagte Jean. »Ich denke immer, daß ich es keine Minute mehr aushalten könnte und daß ich dann einfach ...«

Ihre Stimme erstarb. Sie schaute Peter an, der in der

Nähe der Schlafzimmertür stand, die Augen mit furchterfüllter Eindringlichkeit auf das Radio gerichtet.

»Ich muß mich entschuldigen«, fuhr die Stimme des Gastgebers fort. »Ich muß mich für die kleine Unannehmlichkeit entschuldigen, die ich meinem jungen Freund zufügte. Damit jedoch mein Gegner das Spiel mit sowenig wie möglich Schwierigkeiten für sich selbst verlieren konnte, war es nötig, daß sein Tod sofort und dadurch schmerzlos erfolgte. Um die Gegend des Herzens zu treffen, mußte ich sorgfältig zielen. Ich konnte gerade die Umrisse von Mister Abbotts Kopf in der Dunkelheit erkennen, und ich wußte, daß ich ihn treffen mußte. Aber ich wußte, seine Wunde würde so leicht sein, daß man sie kaum anders als einen Kratzer nennen konnte.«

»Es ist schrecklich, Hank!« rief Jean. »Er hätte Sie töten können.«

»Er hat es noch nicht getan«, sagte Hank grimmig. »Bis jetzt nicht.«

»Und jetzt ist unsere angenehme Gesellschaft auf drei Gäste reduziert. Drei fröhliche Gäste. Da ich für etwa eine halbe Stunde Ihre Aufmerksamkeit nicht in Anspruch nehmen werde, dürfte ich vielleicht, sagen wir einmal, eine kleine Partie Bridge zu dritt vorschlagen?«

»Seien Sie still!« rief Jean und sprang auf. »Seien Sie still! Ich würde Sie gern umbringen«, fügte sie hinzu. »Mit meinen eigenen beiden Händen.« Ihre Furcht schien durch den Zorn verdrängt. Sie starrte in bleicher, hilfloser Wut auf die Radiotruhe.

Peter machte plötzlich einen Schritt vorwärts.

»Willst du uns alle nach einer halben Stunde töten, Stimme?« fragte er.

»Oh, seien Sie still«, murmelte Hank erschöpft. »Bringen Sie diese verfluchte Stimme nicht wieder zum Sprechen.« Er stützte die Stirn auf eine Hand. »Ich fürchte, er hat mich tiefer angekratzt, als ich dachte«, fügte er hinzu.

»Wirklich?« fragte Peter und ging mit besorgtem Gesicht auf Hank zu. »Wenn wir nicht vor Furcht halb von Sinnen wären, hätten wir bedacht, daß man Sie nicht einfach so herumsitzen lassen darf. Irgend etwas muß für Ihren Kopf geschehen, oder er fängt wieder zu bluten an.«

»Es geht mir schon ganz gut«, sagte Hank, »nur noch ein wenig Kopfschmerzen.«

»Hat nicht ...« Jean zögerte, bevor sie den Namen aussprach. »Hat nicht Margaret gesagt, daß Heftpflaster und Verbandszeug im Badezimmer seien, als sie dort nachschaute?«

»Hat sie das gesagt?« fragte Peter. »Ich erinnere mich nicht daran.« Er lächelte schwach. »Mir kommt es so vor, als wäre das vor langer, langer Zeit gewesen.«

»Arme Margaret«, murmelte Hank.

»Kommen Sie ins Schlafzimmer«, drängte Peter.

»Wir müssen Ihren Kopf verbinden.«

»Lassen Sie mich mitkommen«, bat Jean. »Ich fürchte mich davor, hier allein zu bleiben. Wenn ich mir vorstelle, daß jenes — jenes Geschöpf vom Dachgarten ins Zimmer käme.«

»Natürlich fürchten Sie sich«, sagte Peter. »Mir würde es ebenso ergehen. Kommen Sie, Hank. Wir wollen nicht, daß Sie ohnmächtig werden.«

Jean öffnete die Tür zum Schlafzimmer und stand ungeduldig auf der Schwelle, während Hank sich aufrichtete.

»Kommen Sie«, bat sie. »Ich kann hier nicht bleiben, wenn — der Tote im Sessel liegt.«

Sie folgten ihr ins Schlafzimmer. Hank sank mit einem dankbaren Seufzer auf den Rand des Bettes und wartete, bis Peter mit Jod und einer Rolle Heftpflaster zurückkam, die er aus dem Schränkchen über dem Waschbecken genommen hatte.

»Hier ist das Zeug«, sagte er. »Es ist keine Schere zu

finden, mit der man das Heftpflaster abschneiden könnte. Aber ich glaube, ich kann es zerreißen.«

»Warum nehmen Sie kein Tischmesser?« schlug Jean vor.

»In jene Küche gehen?« sagte Hank erschauernd. »Das würde ich lieber nicht tun.«

»Heftpflaster ist schrecklich schwer zu zerreißen«, sagte Jean hartnäckig. »Wenn Peter einen Streifen an Ihre Schläfe klebt und dann versucht, das Pflasterband zu zerreißen, wird er den Streifen wahrscheinlich von der Wunde ziehen, und sie fängt wieder zu bluten an.« Sie runzelte plötzlich die Brauen. »Ich glaube, ich habe Bestecke in der Silberschublade des Büfetts gesehen. Erinnern Sie sich nicht? Margaret ließ ihren Kaffeelöffel fallen, und Hawkins holte ihr aus der Schublade einen anderen.«

»Eine aufmerksame Beobachterin sind Sie«, bemerkte Hank lächelnd, und Peter fügte hinzu:

»Ich werde nachschauen, ob ein Messer in dem Schubfach ist. Warten Sie einen Augenblick.«

»Wir werden alle gehen«, sagte Hank und richtete sich auf. »In dieser Wohnung haben die Dinge die unangenehme Angewohnheit, aus der Wand zu springen.«

Peter willigte gutmütig ein.

»Also gut — gehen wir alle.«

Hank und Jean gingen zur Tür und schauten zu, wie Peter zu dem Büfett in der Anrichtekammer ging.

»Im rechten, oberen Schubfach, glaube ich!« rief Jean. Sie warf Hank einen Blick zu. »Schmerzt Ihr Kopf sehr stark?«

»Er schmerzt höllisch«, sagte er und lächelte auf sie herab. »Aber das ist alles. Jean, ich muß feststellen, daß Sie jetzt noch ebenso hübsch aussehen wie als Sie kamen — trotz all dem Schrecken, den Sie durchgemacht haben.«

»Vielen Dank. Ich habe vergessen, daß ich überhaupt irgendwie aussehe. Es ist alles so entsetzlich gewesen.«

Sie hielt den Blick sorgfältig von dem Sessel abgewandt, in dem der Tote saß, obwohl man von dort, wo sie stand, nur den Sesselrücken sehen konnte.

»Hier ist das beste, was ich finden konnte«, sagte Peter, als er mit einem Tafelmesser in der Hand zurückkam. »Wahrscheinlich kann man damit nichts Festeres als eine Pastete zerschneiden, aber wir werden es versuchen. Hank, tragen Sie jetzt Ihre Kopfschmerzen aufs Bett zurück! Hier, Jean, halten Sie das Jod! Sie können es mit dem Korken einreiben. Nein — an dem Haken im Badezimmer hängen einige Handtücher. Es spielt keine Rolle, wenn wir Flecken auf eines davon machen.«

»Ich werde ein Handtuch holen«, bot sie an.

Als sie hinausging, setzte sich Hank wieder auf den Bettrand, und Peter begann, das Heftpflaster von der Rolle zu lösen.

»Hier ist es«, sagte Jean, als sie aus dem Badezimmer zurückkam. »Es gibt kein Wasser, sonst hätte ich das Handtuch feucht gemacht und seine Schläfe abgewischt. Ich habe die Hähne versucht, aber das Wasser ist abgestellt.«

»Unser Gastgeber hat uns das gesagt«, erinnerte Hank.

»Ich könnte etwas Mineralwasser aus einer Flasche holen«, sagte sie entschuldigend. »Aber ich gehe nicht allein hinaus.«

»Mir wäre es lieber, Sie beide würden sich nicht solche Gedanken um mich machen«, sagte Hank. »Er hat mich nicht sehr stark verletzt. Das Schlimmste sind diese verdammten Kopfschmerzen.«

Jean wischte Blut und Pulverschmutz von Hanks Schläfe.

»Verstehen Sie etwas davon, einen Verband zu machen, Peter?« fragte sie. »Ich nicht.«

Peter lächelte zurückhaltend.

»Ich verstehe auch nicht viel davon, aber ich werde

mein Bestes versuchen. Bitte tupfen Sie etwas Jod an die Stelle.«

Sie gehorchte.

»Tue ich Ihnen weh, Hank?«

»Fast nicht. Es beißt ein wenig, aber das war zu erwarten. Jedenfalls ist dieser Schmerz bei weitem nicht so schlimm wie der Tod.«

Peter verzog das Gesicht zu einem trockenen Lächeln.

»Ich würde das gleiche sagen. Aber sprechen Sie lieber nicht mehr davon, sonst bin ich zu nervös, ein gerades Stück Heftpflaster aufzukleben. Hier vorn noch etwas mehr Jod, Jean.«

Sie tat es und trat dann zur Tür zurück, als Peter einen Streifen Heftpflaster über die Wunde legte.

»Das ist nicht viel Hank«, sagte er. »Aber es wird genügen, bis Sie einen Arzt aufsuchen können. Halten Sie Ihren Kopf still, oder ich muß Ihnen weh tun. —

Stützen Sie ihn auf die Hände. Ja, so ist es besser.«

Er beugte sich vor und legte vorsichtig das Heftpflaster auf.

»Es ist gut, wenn man dieses Zeug im Haus hat. Ein Glück, daß unser Gastgeber auch etwas Jod da hat. Er muß vorausgesehen haben, daß er jemanden verletzen würde. — Da, Sie verdammter Narr, und nun versuchen Sie doch einmal, ob Sie noch mehr Unsinn machen können!«

Hank sprang mit einem Wutschrei auf, denn Peter hatte mit einer kräftigen, schnellen Bewegung das Heftpflaster über seine Augen geklebt. Peter warf ihn auf das Bett zurück, und während er die Knie auf Hanks schwer atmende Brust gestemmt hatte, klemmte er dessen Hände zusammen. Ein weiteres Stück von dem Heftpflasterverband fesselte sie.

»Verdammt — Sie, Sie mörderischer Schuft!« schrie Hank und versuchte in wilder Anstrengung, die Hände an die Augen zu heben.

»Seien Sie still!« schrie Peter. »Sie können mir nicht mehr entkommen. Ich habe noch mehrere Meter davon.« Er riß den Streifen ab und fesselte Hanks Arme an seinen Körper. »Da! Hören Sie auf zu kämpfen! Ich habe Sie erwischt.«

Mit einem weiteren Ruck riß er alles von der Rolle und band Hanks Füße zusammen. Das Tafelmesser fiel klirrend zu Boden. Peter trat zurück und betrachtete den Körper, der sich auf dem Bett wand.

»Seien Sie jetzt lieber still«, sagte er.

Mit bedächtiger Sorgfalt wickelte er das Pflasterband wieder und wieder um Hanks hilflosen Körper, ohne auf dessen Wutausbrüche zu achten. Als er sich dann aufrichtete, blickte er mit einem Ausdruck unendlicher Verachtung auf Hank herab.

»Sie sehen gar nicht mehr hübsch aus. Das werden Sie sich wohl denken können«, sagte er. »Tut mir leid, daß ich Ihren Anzug beschmutzen mußte. Dieses klebrige Zeug wird nie mehr abgehen.«

Hank kämpfte sich in sitzende Haltung empor und versuchte, mit seinen gefesselten Füßen den Boden zu finden.

»Du blutiger Mörder — du höhnischer Dämon — wo bist du? Ich wünschte, ich könnte dein häßliches Gesicht sehen!«

»Aber Sie können es nicht — das wissen Sie. Nein, versuchen Sie nicht aufzustehen!«

Peter beugte sich vor und stieß ihn auf das Bett zurück. Er schaute lächelnd auf Hank herab.

Auf der Schwelle waren Schritte zu hören.

»Bewegen Sie sich nicht!« befahl eine klare, durchdringende Stimme.

Erstaunt schaute Peter über seine Schulter. Mit flammendem Blick und einem harten Zug von Entschlossenheit um den Mund, stand Jean da. In der Hand hielt sie einen von den beiden Degen, die sie von der Wand über dem Radio genommen hatte, und die Spitze berührte seinen Rücken.

»Wenn Sie sich bewegen, töte ich Sie. Wir haben jetzt genug von alledem. Die Zeit der Entscheidung ist gekommen.«

9

Hank fuhr mit einem Schrei empor, aber Peter stand nur da und hatte den Blick in starrer Verwirrung auf Jean gerichtet. Sie zitterte nicht mehr. Langsam und den Blick fest auf Peter gerichtet, ging sie um ihn herum, bis die Degenspitze seine Seite berührte.

»Lassen Sie Hank los«, befahl sie mit gepreßter Stimme.

Peter richtete sich auf.

»In Gottes Namen«, stieß Hank hervor. »Was tut sie?«

»Ich habe einen Degen in der Hand, und die Spitze berührt Peters Rippen«, sagte sie. »Wenn er nicht tut, was ich sage, wird er derjenige sein, der als nächster stirbt. Peter!«

»Gott im Himmel. Jean!« rief Peter aus.

Er schien plötzlich etwas Lächerliches an der kleinen ernsten Gestalt von Jean mit ihren zornigen Augen und den Strähnen ihres kurzen, schwarzen Haars, die sich über den Augenbrauen lockten, zu entdecken, obwohl die Klinge durch seine Jacke stach. Aber als er sie anschaute, wußte er, daß Jean nicht die Absicht hatte, sich auslachen zu lassen.

»Tun Sie nicht so, als wären Sie erschrocken«, sagte sie kühl. »Wenn Sie versuchen, nach mir zu greifen, töte ich Sie. Nehmen Sie das Heftpflaster von Hanks Augen!«

»Sie ist ein gutes Mädchen«, sagte Hank beifällig und kämpfte sich wieder in sitzende Stellung empor. »Ich würde wirklich gern sehen, was vor sich geht.«

»Ich denke nicht daran, ihn zu befreien«, sagte Peter.

»Ich habe nicht gesagt, daß Sie ihn befreien sollen. Ich

sagte, Sie sollen ihm das Heftpflaster von den Augen nehmen. Vorwärts — tun Sie es.«

Peter wurde es klar, daß sie es ernst meinte. Langsam beugte er sich vor und riß das Pflasterband von Hanks Gesicht. Sie folgte jeder seiner Bewegungen mit dem Degen.

»Meine ganzen Augenbrauen sind abgerissen«, seufzte Hank.

»Das ist getan«, sagte Peter schroff. »Aber ich reiße keinen Zentimeter Pflasterband mehr von seinem Körper. Ich kann mich ebensogut von Ihnen wie von ihm umbringen lassen.«

»Können Sie das?« fragte Jean, und es war nichts mehr von der viel gerühmten Melodik in ihrer Stimme.

»Ja«, sagte Peter und hielt zornig ihren Blick fest. »Hören Sie zu grinsen auf, Sie grausiger Mordhund!« stieß er hervor, als er wieder Hank anschaute. »Um Gottes willen, Jean, kommen Sie zur Vernunft! Ist Ihnen nicht klar, daß dieses Ungeheuer heute nacht bereits fünf von Ihren Freunden getötet hat?«

»Was?« keuchte Hank und starrte von Peter zu der reglosen Gesetalt von Jean. »Es ist doch irgendwie absurd, einen Mann des Mordes zu bezichtigen, den man selbst beinahe umgebracht hat.«

»Sie ...«

»Seien Sie still, Peter«, unterbrach ihn Jean. »Hank, sind Sie davon überzeugt, daß Peter für das verantwortlich ist, was heute nacht hier geschah?«

»Ja. Ich weiß nicht, wie er all das getan hat, aber ich habe erkannt, wie er Dr. Reid getötet hat.«

»Das ist genug«, sagte Jean. »Peter?«

»Natürlich hat Hank es getan. Es dämmerte mir zu dem Zeitpunkt, als Dr. Reid erschossen wurde. Ich glaube, wir sind blinde Idioten, daß wir es nicht schon zuvor erkannt haben. Das ist der Grund, weshalb ich nicht auf den Dachgarten hinausgehen wollte, um nach irgendeinem mystischen Gastgeber zu suchen. Das ist auch der Grund, weswegen ich darauf bestanden habe, daß er hier hereinkäme, damit wir seine Kopfwunde behandeln könnten. Ich hatte nicht gehört, daß Margaret etwas von Heftpflaster erwähnt hatte, das im Badezimmer sei, und ich wollte ein Laken zerreißen, um ihn zu fesseln. Aber als Sie das Heftpflaster erwähnten, wurde mir klar, wie viel besser das für Handschellen ist als alles andere.«

»Können Sie es beweisen?«

»Durchaus nicht, aber ich kann Ihnen genug erzählen, um Sie davon zu überzeugen, daß kein anderer als Hank schuldig ist.«

»Also gut. Hank, Sie sind im Augenblick ungefährlich. Ich werde hier stehenbleiben, Peter, und Sie mit dieser Degenspitze berühren. Und falls mir nicht einer von Ihnen beweisen kann, daß der andere diese Serie von Schrecken der heutigen Nacht geplant und ausgeführt hat, bleibe ich hier stehen, bis die Dienstboten erwachen oder bis jemand auf den Dachgarten kommt. Hank, beweisen Sie mir, daß es Peters Taten sind.«

»Ich glaube, Jean, daß er ein Verrückter ist. Den ganzen Abend über habe ich völlig im Dunkeln getappt, wer diese schrecklichen Dinge tun mag. So ist es Ihnen und den übrigen auch ergangen. Weil wir versucht haben, dieses verrückte Geschöpf nach unserem eigenen Maßstab zu beurteilen.«

Sie lauschten seinen Worten — Peter mit einem Gesicht voll unendlicher Verachtung und Jean mit einem kalten, berechnenden Blick, der nie von Peter wich. Hank sprach weiter.

»Wir haben versucht, auszutüfteln, was einen von uns dazu gebracht haben könnte, etwas so Schreckliches zu tun, und wie wir selbst es möglicherweise ausgeführt hätten. Dabei ist uns nicht klar geworden, daß keiner von uns anderen es fertiggebracht hätte. Ein Verrückter ist bekanntlich immer erfindungsreich. Das ist der Grund, weshalb wir das alles nicht verstanden haben.

Ich glaube, ich kann Ihnen sagen, wie er die Stimme gemacht hat. Irgendein harmlos aussehendes Gerät im Vorderzimmer, das wie ein Stück Dekoration aussah, war ein Mikrophon, und er hat es angestellt und hineingeflüstert. Das Radio hat seine Stimme verstärkt. Das ist der Grund, warum alles so unnatürlich gewirkt hat. Es mögen Dutzende von versteckten Mikrophonen im Zimmer sein, und er konnte an vielen verschiedenen Stellen stehen, während er sprach. Den Gongton erzeugte er, indem er mit einer winzigen Stahlstange leise gegen das Mikrophon tippte — oder mit seinem Fingernagel.

Sie werden sich erinnern, daß er alle Tode erklärt hat, die heute nacht erfolgten — außer den von Dr. Reid. Er konnte Dr. Reids Tod nicht erklären. Er wollte uns auf den Gedanken bringen, daß jemand außerhalb des Zimmers Dr. Reid getötet hat. Wir gingen zum Fenster und kamen zu der Ansicht, daß der Mörder auf dem Dachgarten verborgen sei. Ich kam hier herein — in Schrecken versetzt von der Anwesenheit irgendeiner ominösen Person dort draußen. Wie ein Einfaltspinsel habe ich mich in Peters Hände gegeben. Wenn Sie nicht im letzten Augenblick hereingekommen wären, hätte er mich vielleicht auch umgebracht. Ich habe Peter nicht verdächtigt, bis er mir dieses verdammte Heftpflaster über die Augen geklebt hat. Dann aber wußte ich, daß er mich umbringen wollte, und blitzartig wurde mir klar, wie Peter Dr. Reid getötet hat.«

»Wie?« Unwillkürlich war ein Tonfall von Eifer in Jeans Stimme geraten.

»Das Zimmer war völlig dunkel«, sagte Hank. »Die Vorhänge waren zugezogen, und es ist eine wolkenverhangene Nacht. Peter ist lautlos hinter meinem Stuhl vorbei zum Fenster geschlüpft, hat es ein wenig hochgeschoben und sich auf den Fenstersims gesetzt. Er hatte die Pistole in der Hand. Er saß auf dem Fenstersims und zog das Fenster vor sich herunter, bis der untere Rand seine Knie berührte. Dann lehnte er sich zurück und schoß durch die Scheibe. Anschließend schob er das Fenster geräuschlos hoch, schlüpfte ins Zimmer zurück und zog es wieder herunter. Nachdem er die Pistole versteckt hatte, stolperte er in der Dunkelheit umher, bis er Sie fand. Falls er beim Hantieren mit dem Fenster irgendein Geräusch verursacht hat, so kann ich mich doch nicht erinnern, etwas gehört zu haben, meine Nerven waren in einem solchen Zustand, daß ich fast nichts bemerkte.«

»Mein Gott, ist das das beste, was Sie fertigbringen, Hank?« Peter lachte mit einer Art spöttischer Erleichterung.

»Was? Was wollen Sie ...«

»Unterbrechen Sie mich nicht«, sagte Peter. »Jetzt bin ich an der Reihe. Ich habe mir Ihren Monolog angehört, und nun müssen Sie mir zuhören. Ich weiß, daß Sie diese grausige Abendgesellschaft geplant haben, daß Sie fünf von meinen Freunden heute nacht in den Tod getrieben haben. Und ich weiß, daß Sie auch vorhatten, Jean und mich zu töten.«

»Sprechen Sie weiter«, sagte Jean atemlos.

Sie hielt noch immer die Degenspitze an seine Seite, aber die Selbstsicherheit in seiner Stimme hatte ihr Vertrauen erweckt.

»Ich werde von vorn anfangen. Seien Sie vorsichtig mit dem Degen, Jean! Zuerst zweifelte ich daran, daß einer aus unserer Gesellschaft jener Gastgeber sein könnte, der so freudig geplant hatte, uns alle umzubringen. Ich kannte alle, wie Sie wissen, und ich konnte mir nicht vorstellen, daß einer von meinen Freunden sich einen so diabolischen Plan ausgedacht haben könnte. Dann plötzlich — ziemlich am Anfang dessen, was unser Spiel genannt wurde— kam mir zum Bewußtsein, daß derjenige, der eine so ungeheuerliche Freude am Mord fand, es bestimmt nicht über sich bringen würde, diese Sache heute nacht zu inszenieren und dann nicht dabei zu sein und seine Opfer sterben zu sehen. Das ist ein hervorstechender Wesenszug eines sadistischen Geistes: es genügt ihm nicht, zu wissen, daß Menschen leiden. Er muß zuschauen und sich an der Qual seiner Opfer weiden. Ich konnte nicht begreifen, wie alles vor sich ging, aber ich wußte, daß das Geschöpf, das hinter der schrecklichen Stimme steckte, bei uns im Zimmer sein mußte. Deshalb habe ich immer wieder behauptet, dies sei nicht der Fall. Ich hoffte, der Mörder würde mir zustimmen. Aber Hank war schlau. Er bestand darauf, daß der Mörder im Zimmer sei.

Der erste direkte Beweis für meine Vermutung, daß einer von uns der Mörder sei, waren die acht Särge auf dem Dachgarten. Falls der Mörder die Absicht gehabt hätte, wirklich uns alle acht zu töten, hätten neun Särge da sein müssen, denn es hätte neun Leichen gegeben. Das Ganze war zu pedantisch sorgfältig geplant, als daß er einen Sarg zu wenig beschafft hätte. Offensichtlich hatte jemand vor, am Leben zu bleiben, damit die Dienstboten bezeugen konnten, daß sie das Abendessen für acht Personen serviert hätten. Acht Leichen wären dagewesen, als Beweis dafür, daß alle Gäste tot waren. Offensichtlich mußte die Person, die entkommen wollte, auch ein Mann sein. Keiner von den Dienstboten hatte uns genau genug angeschaut, als daß sie nach unseren Gesichtszügen einen Eid hätten leisten können.

Ich habe also alles beobachtet — und wie ich beobachtet habe —, um festzustellen, ob der Mörder nicht einen Fehler begehen würde. Wenn ich nur bei vollem Verstand gewesen wäre! Dann hätte ich nämlich schon vor Stunden gewußt, daß Hank der Mörder war. Aber ich konnte nicht klar denken. Ich war zu sehr von Panik erfüllt, als daß ich die Zusammenhänge sofort hätte erkennen können. Hank hatte sich den ganzen Abend über verraten, aber ich hatte es lange Zeit nicht erkannt. Aber plötzlich — vor kurzer Zeit — begriff ich alles.«

»Was?« keuchte Jean.

»Daß Hank Abbott dieses ganze teuflische Spiel inszeniert hatte. Die Erkenntnis überfiel mich ganz plötzlich — wie ein Blitzstrahl. Hank war die einzige Person im Zimmer, der die Stimme immer direkt antwortete. Erinnern Sie sich nicht daran? Hank sprang in gespieltem Entsetzen auf und schrie: ›...und wir sitzen da!‹ Und die Stimme antwortete: ›Sitzen Sie ganz still, meine Freunde.‹ Sie hat nie einem von uns anderen so direkt geantwortet. Ich war zu der Zeit noch nicht mißtrauisch. Wenn ich es nur gewesen wäre! Hank brachte Margaret dazu, sich in den Sessel zu setzen, der den kleinen Lautsprecher enthielt — erinnern Sie sich nicht daran? Als wir nach Osgoods Tod ins Zimmer kamen, führte er Sie besorgt zum Sofa hin und zog für Sylvia und für Margaret einen Sessel heran. Hank war auch in Frankreich in Major Chisholms Regiment, als Chisholm auf so seltsame Weise bei einer Kampfhandlung ums Leben kam — zu einer Zeit, als in seinem Abschnitt eigentlich gar nicht gekämpft wurde. Falls Gaylord Chisholm damals die Wahrheit erfahren hat und sich umbrachte, wäre es durchaus möglich, daß Hank es auch erfahren hätte. Wenn ich mich nur nicht so gefürchtet hätte, wäre ich vielleicht der Wahrheit auf die Spur gekommen.

Aber die Stimme fuhr fort, ihm zu antworten und gab uns anderen nie Antwort. Mein Verdacht wurde stärker, als Hank sich selbst anschoß. Zu der Zeit wollten Sie hinausgehen und auf dem Dachgarten nach dem Gastgeber suchen. Stellen Sie sich vor, man hätte dieser Kreatur einen Degen in die Hand gegeben und wäre mit ihm in die Dunkelheit hinausgegangen. Ich sagte, ich fürchtete mich, hinauszugehen, und ich hatte nur zu recht. Zu jenem Zeitpunkt sprang dann Hank mit einer direkten Frage auf die Radiotruhe zu. ›Sag uns, wie er gestorben ist!‹

Und die Stimme antwortete sofort: ›Durch einen Pistolenschuß, mein Freund!‹ Ich war jetzt sicher, aber um meine Gewißheit endgültig zu bestätigen, stellte ich nun eine Frage an unseren Gastgeber — die erste, die mir einfiel —, und die Stimme hatte keine Antwort. Statt dessen tat Hank so, als müßte er vor Schmerz aufstöhnen, und er sagte: ›Bringen Sie ihn nicht wieder zum Sprechen‹ — oder so etwas Ähnliches. Dann wußte ich mit absoluter Sicherheit, daß Hank diese infernalische Stimme von Anfang an vorbereitet hatte.

Ich schaute also Hank an und sah eine Pulververbrennung vorn an seiner Schläfe — etwas, was er nie gehabt haben könnte, wenn er von dem Fenster hinter ihm angeschossen worden wäre. Sie haben selbst den Pulverschmutz von seiner Schläfe gewischt. Ich brachte ihn also hier ins Schlafzimmer herein und holte das Heftpflaster, das wesentlich besser zum Fesseln eines Verbrechers geeignet ist als Taschentücher oder zerrissene Bettlaken. Nun, Hank, was haben Sie dazu zu sagen?«

Hank antwortete nicht. Er saß da und schaute Peter neugierig an. Das höhnische Lächeln lag noch auf seinem Gesicht.

»Verzeihen Sie mir, Peter«, sagte Jean. Sie senkte den Degen.

Peter lachte triumphierend.

»Möchten Sie noch etwas sagen, Hank, bevor wir die Polizei holen?«

»Nun, ja«, sagte Hank freundlich. »Ich möchte nur sagen, daß Sie die Polizei nicht holen können. Wie Sie wissen, können Sie nicht hier heraus.«

»Nein, aber wir können hierbleiben und Sie bewachen, bis jemand kommt und nach uns sucht.«

Hank zuckte mit den Schultern.

»Gut ...« Er schaute sie beide an — immer noch mit diesem höhnischen Lächeln. »Sie können zumindest nicht leugnen, daß ich die Stadt gesäubert habe.«

»Was meinen Sie damit?« fragte Peter.

»Genau das. Stehen Sie nicht da und stieren Sie mich so an! Sie haben gewonnen. Warum setzen Sie sich nicht und genießen den Triumph Ihres Sieges? Sie stehen im Begriff, den größten Wohltäter aufhängen zu lassen, den die Stadt in dieser Generation gehabt hat.«

»Wovon sprechen Sie?« stieß Jean hervor.

»Wissen Sie nicht«, sagte Hank, »wer diese Bande war, die ich gnädig bis auf ihre Grundelemente reduziert habe? Diese Leute waren die Personifizierung von Engstirnigkeit, Unehrlichkeit und Korruption. In ihrer besten Zeit haben sie New Orleans soviel an gebrochenen Herzen und falsch ausgegebenem Geld gekostet, daß sich die Stadt in zehn Jahren nicht wieder davon erholen kann.«

Peter zog einen anderen Stuhl heran und setzte sich, ohne den Blick von Hank zu wenden.

»Wir hören«, sagte er.

»Natürlich wissen Sie, wie vielen sehr hübschen Mädchen ihre gesellschaftliche Karriere durch den Einfluß jener in Bigamie lebenden Margaret Chisholm verdorben worden ist. Sagen Sie mir auch nicht, daß Sie sich nicht schon oft beklagt hätten, bis zu welchem Ausmaß die geistige Forschung an der Universität stagniert hat, weil keine Idee, die nicht durch die Anerkennung mindestens einer Generation geheiligt worden war, in den mumifizierten Geist von Murray Chambers Reid eindringen konnte. Und schauen Sie mich nicht verwirrt an, wenn ich Ihnen sage, daß Jason Osgood seine Millionen mehr oder minder zusammengestohlen hat. Und sicherlich weiß jeder Halbidiot in New Orleans, daß durch die Auslöschung dieser Slamon-Inglesby-Genossenschaft zumindest die Steuerzahler eine Chance der Erleichterung bekommen haben.«

»Aber Sylvia hat gesagt, sie sei arm!« rief Jean aus und starrte ihn an, als wäre sie hypnotisiert.

»Oh, du meine Güte! Als sie diese Geschichte erzählte,

wäre ich am liebsten aufgestanden und hätte sie eine Lügnerin genannt. Seit Jahren verschanzt sie sich hinter dieser Armutslegende, um unschuldig zu wirken, wenn von Korruptionsgeldern die Rede ist. In den letzten zehn Jahren hat sie genug Geld aus der öffentlichen Tasche gestohlen, um die halbe Stadt zu kaufen. Ja, ich habe sie getötet — aber mit demselben Gefühl, das ich gehabt hätte, wenn ich auf ein Spinnennest getreten wäre.«

Er hielt inne. Plötzlich hob er seine gefesselten Hände mit äußerster Kraftanstrengung zu seinem Gesicht empor. Jean sprang mit einem Schrei auf.

»Hank! Peter — er hat etwas geschluckt!«

Peter stürzte zu ihm hin. Hank lachte ihm spöttisch ins Gesicht.

»Meine Freunde, ich erfülle mein Versprechen, daß ich — falls Sie das Spiel gewinnen sollten — vor Ihren Augen sterben würde.«

10

»Was hat er getan, Jean?« rief Peter. »Sie haben ihn beobachtet.«

»Ich weiß es nicht genau — aber es sah so aus, als hätte er in den Ring an seiner rechten Hand gebissen. Dann hat er etwas geschluckt — dessen bin ich sicher.«

Hank hob herausfordernd eine Augenbraue.

»Ein schlaues, kleines Mädchen«, sagte er leichthin. »Genau das habe ich getan. Schauen Sie her!«

Er streckte ihnen seine gefesselten Hände hin. In der Fassung des Ringes war eine leere Stelle, und auf seinem Finger war eine schwache Spur von weißem Pulver zu erkennen.

»Für den Notfall hatte ich mir das aufbewahrt, verstehen Sie? Sie glauben doch nicht etwa, daß ich diesen entzückenden Abend mit einer Fahrt in einem Polizeiwagen beenden wollte und mit der Aussicht, ein paar Wochen in einer verwanzten Zelle zu verbringen, während ein Haufen von Rechtsanwälten sich rauften und eine Meute von Klubweibern mich zu trösten versuchten? Meine Freunde, Sie sind bestimmt nicht so einfältig, sich einzubilden, ich könnte diese charmanten Todesarten für Sie alle geplant und eine ebenso angenehme für mich selbst vergessen haben für den Fall, daß ich das Spiel verlöre?«

Kurze Zeit starrten sie ihn sprachlos an. Dann stieß Jean hervor: »Hank! Ihre Stimme — sie ist nicht die Stimme des Gastgebers.«

Hank betrachtete sie mit kühler Amüsiertheit.

»Natürlich nicht, Sie kleine Unschuld. Sie denken doch nicht etwa, daß ich den Gastgeber mit meiner Stimme hätte sprechen lassen?«

»Aber Hank«, rief sie, »Woher hatten Sie diese Stimme?«

»Möchten Sie das gern wissen, kleines Mädchen?«

»Verdammt«, sagte Peter gereizt.

»Aber Peter«, murmelte Hank. »Was haben Sie für einen Grund, ärgerlich zu sein? Hatten Sie nicht das Vorrecht, an dem originellsten Fest teilzunehmen, das je in New Orleans gegeben worden ist? Haben Sie es nicht fertiggebracht, Ihr kostbares Leben zu retten, obwohl ein ausgezeichneter Plan entworfen worden war, auch Sie zu ermorden? Haben Sie nicht auch dem amerikanischen Theater einen von den mit dem meisten Recht gefeierten, aufblühenden Star gerettet? Und haben Sie nicht eben gesehen, wie Ihr Möchte-gern-Mörder ein Gramm Pulver verschluckt hat, das sein ärgerniserregendes Leben in einigen Stunden beenden wird? Natürlich«, fuhr Hank mit ruhigem Behagen fort, »wenn Sie und Jean hier schließlich mit meiner Leiche und denen der anderen Gäste gefunden werden, weiß ich wirklich nicht, wie Sie die Polizei davon überzeugen wollen, daß nicht Sie beide diesen pikanten Abend inszeniert haben.«

Peter atmete unwillkürlich heftig.

Für einen Augenblick sank wieder jene bedrohliche Todesstille auf sie herab. Jean und Peter starrten Hank an, der sie mit offensichtlichem Vergnügen beobachtete.

»Mir ist es selbstverständlich gleichgültig, was nach meinem Tode mit Ihnen geschieht. Ich habe meinen Anteil Freude an diesem Fest gehabt, indem ich die Vorgänge beobachtete. Obwohl ich es bedaure, daß Sie beide mir den Rest verdorben haben, will ich Ihnen doch keine Schwierigkeiten bereiten.«

»Was wollen Sie tun?« stieß Jean hervor. »Oh, Hank, quälen Sie uns nicht so.«

Hank lächelte sie an.

»Es wäre doch eine Schande, nicht wahr, wenn man der Welt des Wissens meinen Genius raubte.

Mit Ihrer freundlichen Erlaubnis werde ich also ein schriftliches Geständnis hinterlassen, daß ich die Bungalowmorde verübte. Was für eine hübsche Schlagzeile das geben wird! Zu schade, daß ich nicht mehr dabei sein und es sehen kann! Ich werde der Welt ausführlich erklären, wie die prächtigsten Morde dieser Generation beinahe bis zum erfolgreichen Ende durchgeführt worden wären. Ich werde beweisen, daß ich ein besserer Schauspieler bin als Jean, ein besserer Denker als Reid, ein besserer Stratege als Slamon, ein besserer Lügner als Sylvia, eine bessere Klatschbase als Margaret, ein besserer Schacherer als Osgood und ein fast besserer Dramatiker als Peter.«

»Wo haben Sie dieses Geständnis niedergelegt?« fragte Peter eifrig und stand auf.

»Nirgends, Peter. Regen Sie sich nicht auf! Sie glauben doch nicht etwa, daß ich schon ein Geständnis geschrieben habe? Ich habe nicht erwartet, daß einer von meinen Gästen mich in unserem Spiel schlagen würde. Aber ich werde jetzt ein Geständnis ablegen.« Er machte eine quälend lange Pause. »Ich nehme an, Sie wollen mir die Fesseln nicht abnehmen?«

»Bestimmt nicht«, sagte Peter.

»Sie scheinen heute nacht in wirklich scheußlicher Stimmung zu sein«, sagte Hank. »Ich weiß nicht, wie ich ein Geständnis schreiben soll, wenn meine Hände so gefesselt sind. Sie sollten sich lieber darüber klar werden, was Sie tun wollen, denn ich versichere Ihnen, daß ich nicht mehr lange leben werde.«

Er grinste maliziös. Jean und Peter erschauerten, als sie ihn so auf dem Bettrand hocken sahen: lächerlich und erschreckend zugleich, mit dem Heftpflaster auf seiner Stirn und den klebrigen weißen Streifen um seine tadellose Smokingjacke. Peter hatte Hanks Arme bis an die Ellbogen an die Seiten gefesselt, und seine an den Gelenken zusammengebundenen Hände vollführten die Geste eines Bettlers, der einen Teller für die Almosen hinhält, nach vorn gestreckt. Seine Füße, die ebenfalls an den Gelenken gefesselt waren, ruhten verkrümmt auf dem Boden.

Jean kauerte auf einem Sessel in der Nähe des Bettes. Sie hatte die Arme um die Knie gelegt und biß sich in vager Furcht auf die Lippen.

Hank grinste höhnisch.

»Ich glaube, ich sollte die chemische Formel für das Gift, das ich aus meinem Ring gebissen habe, aufschreiben und es allen klugen jungen Leuten empfehlen, die die stupiden menschlichen Gesellschaften, in denen sie leben müssen, einfach nicht mehr ertragen können. Dieses Gift ist sehr angenehm in seinen Wirkungen. Ich habe mich nie in meinem Leben wohler gefühlt. Aber in etwa einer Stunde werde ich mich vor Ihnen zusammenkrümmen und für immer einschlafen. Eine charmante Art, um einer fantasielosen Welt eine lange Nase zu machen ...«

»Wollen Sie nicht endlich still sein!« rief Peter verzweifelt.

»Ich will nicht. Ich habe Ihnen bereits gesagt, daß ich der Nachwelt eine detaillierte Aufstellung meiner Genialität hinterlassen will. Sie wollen mir die Hände nicht losbinden, damit ich schreiben könnte. Aber ich könnte meine letzte Botschaft an die Welt diktieren. Sie können sie schreiben, und ich glaube, ich kann meine Hand so um den Federhalter krümmen, daß ich die Unterschrift leisten kann.«

»In Ordnung. Ist irgendwo Papier in der Wohnung?«

»Ja. Auf dem kleinen Pult hinter mir. Dort liegen Papier und ein Füllhalter. Ich dachte, jemand hätte vielleicht das Bedürfnis, die Botschaft eines Sterbenden an seine Freunde zu hinterlassen.«

Peter brachte einen Stoß Schreibpapier und den Federhalter zu seinem Stuhl am Bett zurück.

»Ich bin bereit«, sagte er grimmig.

»Mein Gott«, sagte Hank. »Ich hasse es, dies zu tun.« Er hielt einen Augenblick inne. »Ich will es, und zugleich will ich es nicht. Ich könnte mein Geheimnis mit mir nehmen und die Welt für immer im Unklaren lassen — aber, ach, ich finde Genugtuung in dem Gedanken, daß ihr alle mich noch von meinem Grabe aus lachen hören werdet, wenn ihr mein Geständnis in der Hand haltet. Ich kenne euch so gut, daß ich hier sitzen und prophezeien kann, was ihr mit dem Geständnis tun werdet, wenn ihr es endlich habt. Ich habe diesen ganzen Abend hindurch gewußt, was jeder von meinen Gästen tun würde. Wie gut ich euch alle kenne! Euch alle, die ihr von dem kindlichen Glauben beseelt seid, daß ihr zu jeder Zeit tun könnt, was ihr wollt — getäuscht von jenem Mythos vom freien Willen, von dem die Theologen zu schwatzen pflegen. Ihr habt euch benommen, wie ihr euch benehmen solltet; bei jedem Zug in diesem Spiel wußte ich, was ihr tun würdet, denn mir war bekannt, daß ihr euch unter bestimmten Umständen eueren verschiedenen Temperamenten entsprechend verhalten müßtet. Natürlich habt ihr das getan, was ihr wolltet, weil keiner von euch etwas tun wollte, was ihm nicht auf Grund seines Charakters vorherbestimmt war. Oh, wie ich euch gehaßt habe und wie ich heute nacht über euch gelacht habe, während ihr in jedem Augenblick das tatet, was ihr tun solltet, weil ihr einfach nicht anders konntet!«

Jean saß da und faltete und entfaltete unaufhörlich ihre Hände.

»Hank, warum hassen Sie uns so?« fragte sie, als er innehielt.

Er lachte bitter. Dann begann er plötzlich wieder schnell und heftig zu sprechen, so als könnte er endlich das sagen, was er schon so lange hatte sagen wollen.

»Weil ihr in eurem Erfolg geschwelgt habt und euch weigertet, mich daran teilhaben zu lassen. Oh, unterbrechen Sie mich nicht, Jean! Für euch alle, die ich herbrachte, um sie zu töten, sollte ich nicht mehr Hank Abbott, der Clown des französischen Viertels sein. Ihr wolltet nicht auf mich hören. Ihr dachtet, es wäre mein Beruf, spaßig zu sein. Ich schrieb Ihnen ein Drehbuch, Jean, und Sie haben es nie gelesen. Der drollige Hank Abbott hatte da versucht, eine Geschichte für die auserwählte Jean Trent zu schreiben — wie komisch! Ich erzählte Peter, daß ich glaubte, eine gute Idee zu haben, und skizzierte ihm das Thema des Drehbuchs. Er machte eine Kurzgeschichte daraus — aber hat er auch nur ›danke schön‹ gesagt? Es war ja auch nicht anzunehmen, daß der drollige alte Hank es überhaupt je merkte. Ich weiß mehr von moderner Volkswirtschaft als irgend jemand auf Dr. Reids engstirniger Universität, aber Jason Osgood hatte den Lehrstuhl gestiftet, den ich innehatte, und er konnte es nicht zulassen, daß ich die Tricks offenbarte, mit denen die Finanzleute das Volk ausquetschten. Ich hätte die Universität verklagen können; ich erwähnte das Sylvia gegenüber, und sie lachte und zwickte mich ins Ohr und sagte, ich sollte lieber weiterhin Springbrunnen malen. Sie erzählte Tim die Sache, und sie amüsierten sich geradezu königlich darüber. Der spaßige alte Hank! Der Spielbubi der Stadt — und mit mehr Gehirn als ihr alle zusammen. Ich konnte mich nicht einmal als Salonlöwe auf den nettesten Gesellschaften amüsieren, weil Margaret Chisholm der Meinung war, daß ich nicht ganz dazugehörte. Seid verdammt — seid verdammt, ihr alle, die ihr über mich gelacht habt! ›Sie sind charmant, Hank, aber Sie müssen zugeben, daß Sie wirrköpfig sind.‹ Wie oft habe ich das gehört — jene spöttische Duldsamkeit überlegener Menschen einem berufsmäßigen Spaßmacher gegenüber. Ihr wolltet, daß ich witzig sein sollte, während ihr Karriere machtet. Ihr wart nett zu mir, solange ich mich daran erinnerte, wohin ich gehörte. Ich wußte das. Seid verdammt! Immer und immer wart ihr es, die mich niedergehalten haben — ihr sieben, die ich heute abend hier versammelt hatte. Ihr habt auf mir herumgetrampelt und mich wieder und wieder auf die dumpfe Ebene der Mittelmäßigkeit niedergedrückt. Ihr wußtet, daß dort nicht mein Platz war, aber es amüsierte euch, mich dort zu lassen.«

»Um Himmels willen, Hank ...«, unterbrach ihn Peter, aber Hank fuhr hitzig fort:

»Unterbrechen Sie mich nicht! Ich habe angefangen, dies zu sagen, und ich werde es zu Ende bringen. Mein Gott, ist das eine Erleichterung, es euch ins Gesicht zu sagen! Ich wünschte, die anderen könnten es auch noch hören. Ich wußte, daß ich mehr Verstand hatte als ihr alle. Ich haßte euch — wie ich euch haßte! Ich wußte, daß ich meine Überlegenheit beweisen könnte, wenn wir uns auf gleicher Ebene treffen würden. Deshalb habe ich euch hierher eingeladen. Ich versperrte jede Ausgangsmöglichkeit. Ich arrangierte ein Spiel, bei dem nichts als angeborene Überlegenheit eine Rolle spielen konnte. Und ich siegte. Ich habe meinen Geist mit eurem gemessen, und ich gewann — bis Peter den einzigen Fehler in meinem wunderbaren Plan entdeckte. Sie haben ein paar ziemlich schlaue Entdeckungen gemacht, Peter. Ich muß zugeben, daß Sie hinsichtlich Gaylord Chisholm recht hatten. Jimmy Vickers brachte sich um — nachdem er kurze Zeit zuvor Chisholm erzählt hatte, was er wußte. Keiner von ihnen ahnte, daß ich das Gespräch mit angehört hatte. Sie hatten auch damit recht, daß ich die Stimme vorbereitet hatte. Oh, ich habe das alles seit Jahren vorbereitet. Ich habe jetzt verloren, aber ich habe nie soviel Vergnügen gehabt wie zuvor, als das Spiel im Gange war. Ihr habt mir die Früchte meines Experimentes geraubt, aber es war ...«

»Die Früchte?« wiederholte Peter heiser.

Er und Jean lauschten halb hypnotisiert auf Hanks Beichte.

»Oh, Sie Einfaltspinsel! Wenn ich mir vorstelle, daß

mein Spiel von einem Hohlkopf beendet wurde, der nicht begreifen kann, was es für jeden Mann bedeuten würde, vierundzwanzig Stunden zuvor über diese Tode Bescheid zu wissen. Stellen Sie sich vor, daß ich vor Tagesanbruch Sylvia Inglebys Tresor geleert haben könnte. Ich könnte damit die Hälfte von unseren führenden Bürgern erpreßt haben. Ihr wußtet natürlich nicht, daß Sylvia und Tim, wo sie gingen und standen, je die Hälfte der Zahlenkombinationen ihrer beiden Geldschränke mit sich trugen, aber ich habe mir die Mühe gemacht, das herauszufinden. Tims Papiere hätten mir wahrscheinlich ebensoviel Freude gemacht wie Sylvias Akten. Stellt euch vor, was man mit einem Stadtrat anfangen kann, wenn man ihn in der Hand hat. Wenn ich Jason Osgoods Papiere vor Tagesanbruch hätte durchsehen können, wäre ich bis Donnerstag Millionär geworden. Er gehörte zu einer Gruppe, die die Baumwollpreise in die Höhe treiben wollten, und sein Tod wird diese Manipulation nicht im mindesten ändern. Und ohne Margarets selbstgefällige Annahme, daß ich nicht ganz ...« Er unterbrach sich einen Augenblick und sprach dann mit einer Art ekstatischer Heftigkeit weiter. »Ich könnte diese Stadt in meinen Händen gehalten haben. Man hätte mir nichts verweigern können. Ich hätte nur hingehen und mir zu nehmen brauchen, was ich wollte. Indem ich euch an einem einzigen Abend überlistete, konnte ich in den Besitz der Schätze kommen, denen all eure Bemühungen galten. Es gibt nichts, was ich nicht in New Orleans hätte haben oder tun können. Die Stadt hätte vor mir auf den Knien gelegen.«

»Bitte!« rief Jean mit entsetzter Stimme.

»Nein«, sagte Hank bitter. »Ich werde sterben. Ich werde sterben,und keiner wird je diese Stadt in Händen halten. Denn wenn ihr beide die Nachricht in der Stadt verbreitet, daß unsere Freunde tot sind, wird es für jedermann zu spät sein, Vorteil daraus zu ziehen — es sei denn, ihr wolltet es.«

»Nein«, sagte Peter ruhig. »Wir wollen es nicht.«

»Das habe ich mir gedacht. Es erfordert Mut, Peter, auf eine großartige Weise böse zu sein. Oh!« Er zuckte plötzlich zusammen.

»Was ist los, Hank?« rief Jean.

»Eine Art von Kälteschauer. Das ist schon in Ordnung — ich werde noch etwas am Leben bleiben. Wollen wir jetzt mein Geständnis niederschreiben, Peter, oder wollen wir es nicht tun?«

Peter schüttelte den Federhalter, um die Tinte in die trockene Feder zu bringen.

»Ich bin jetzt bereit. Sprechen Sie aber nicht ganz zu schnell.«

»Ich werde langsam sprechen. Schreiben Sie! Schreiben Sie, Sie Narr, und erfahren Sie, wie wunderbar ich euch alle überlistet habe!«

»Ich bin bereit«, sagte Peter.

Gegen seinen Willen klangen Spannung und Furcht im Tonfall seiner Stimme. Er drehte seinen Stuhl halb herum und legte das Papier auf den Ankleidetisch. Dann schaute er auf.

Hank diktierte langsam und mit einer Art zynischer Selbstsicherheit.

»Da ich im Begriff stehe, durch eigene Hand zu sterben, möchte ich hiermit gestehen, daß ich heute nacht, am Samstag, dem 15. März, die Morde an den Männern und Frauen geplant und ausgeführt habe, deren Leichen mit meiner zusammen auf dem Dachgarten des zweiundzwanzigsten Stockwerks des Bienville-Hauses an der Carondelet Street in New Orleans gefunden werden. Ich trage allein die Schuld an dieser Serie von Verbrechen, und keine andere Person wußte von meiner Absicht oder half mir bei der Ausführung der Taten. — Haben Sie das?«

»Ja«, sagte Peter.

Seine Stimme war unsicher. Ihm erschien die Niederschrift dieses Geständnisses als eine seltsam scheußliche Prozedur. Hank fuhr gelassen fort.

»Wenn ich sagte, daß niemand mir bei der Ausführung meiner Absichten half, so meinte ich damit, daß niemand mir bewußte Hilfe leistete. Aber die Erfüllung meiner Absichten heute nacht wurde nur durch die Mitarbeit jener Personen ermöglicht, die ich getötet habe oder die — wie ich mit größter Genauigkeit sagen möchte — sich mit dem Mechanismus töteten, den ich vorbereitete.

Ich bin seit langem davon überzeugt, daß menschliche Wesen auf äußere Umstände in Übereinstimmung mit jenen unveränderlichen Gesetzen reagieren, die in ihren individuellen Charakteren begründet liegen. Wenn sich jemand die Mühe macht, die Reaktionen seiner Freunde zu studieren, könnte er mit einer Gewißheit, die den Uneingeweihten in Erstaunen setzen würde, ihre Reaktionen auf irgendwelche vorherbestimmten Geschehnisse voraussehen. Wenn man also von vornherein eine Kombination von Umständen arrangieren könnte, die nur eine Gruppe von Personen betrifft, deren psychologische Reaktionen man kennt, könnte man mit fast starrer Genauigkeit voraussagen, was geschieht. Das ist das, was ich heute nacht getan habe. Ich habe geplant, daß meine Gäste bewußt in den Tod gingen. Die Leichen, die auf diesem Dachgarten liegen, sind die von Männern und Frauen, die zu einer Abendgesellschaft hierherkamen, von der jeder von ihnen glaubte, sie sei zu seinen Ehren gegeben worden. Sie hatten zuvor von einem anonymen Gastgeber Telegramme bekommen, in denen er ihnen zu einer nicht genannten Leistung gratulierte. Ich wußte, daß sie kommen würden, denn ich hatte Gäste mit gut entwickeltem Selbstbewußtsein ausgewählt. Jeder von ihnen war davon überzeugt, ständig Gratulationen zu verdienen. Sie kamen; die Tür wurde hinter ihnen verschlossen, und jeder von ihnen schritt mit offenen Augen in den Tod, verführt von einer persönlichen Angewohnheit, der er sogar angesichts des Todes nicht widerstehen konnte. Ich kam auch her und gab vor, ein Gast zu sein, denn ich hatte mir ein gleiches Telegramm wie den anderen gesandt.

Erst nachdem die Türen geschlossen waren, erkannten sie den Sinn dieser Abendgesellschaft. Während sie sich noch darüber wunderten, wer der Absender der Telegramme gewesen sein mochte, sprach eine Stimme zu ihnen durch das Radio, wünschte ihnen einen angenehmen Abend und teilte ihnen mit, daß sie der Stimme ihres Gastgebers lauschten.«

»Ja«, sagte Peter.

Hank nickte. Als er weitersprach, kam der Ton höflicher Verachtung in seine Stimme.

»Es war meine Stimme — durch einfache Mittel getarnt und übertragen. Aber die einfallsreichen Geister von New Orleans waren nicht fähig, die Zusammenhänge zu erraten, und das amüsierte mich sehr. Natürlich hatte ich gewußt, daß es so sein würde, denn ich hatte Gäste ausgesucht, deren Karrieren sich in einer Welt von lächerlichen Halbheiten entwickelt hatten und von denen man daher erwarten konnte, daß sie das Offensichtliche übersehen würden. Ich hatte die Ansprachen des Gastgebers auf einer Serie von Tonbändern vorbereitet und die Abspielgeräte mit dem Radio in diesem Bungalow verbunden. Die Stimme ärgerte die Gäste, sie zerrte an ihren Nerven, sie machte sie verrückt, weil sie sie nicht erkennen konnten. Es war nicht meine Stimme, es war eine höhnische, anmaßende Stimme — durchaus keine angenehme Stimme, wie ich sagen möchte. Um die Stimme zu erzeugen, bediente ich mich eines Mittels, wie es Kinder im Kinderzimmer anwenden. Ich sprach in ein Wasserglas. Wenn jemand in ein Wasserglas spricht und es dabei so hält, daß eine Seite des Randes seitlich an den Mundwinkel gepreßt und die andere Seite, zwei, drei Zentimeter angehoben ist, kann er eine geisterhafte

Stimme erzeugen, die mit anmaßender Drohung erfüllt ist. Auf diese Weise produzierte ich die Stimme des Gastgebers.«

Hank machte wieder eine Pause.

»Charmant, nicht wahr?« sagte er. »Sogar die zerbrochenen Reste eines wunderbaren Verbrechens bilden eine köstliche Erinnerung, ist es nicht so? Können Sie weiterschreiben, Peter?«

»Ich bin bereit«, sagte Peter mit der Stimme eines Mannes, der sich fürchtet, mehr zu sagen.

»Unter dem Namen Roger Calvert, den ich willkürlich von einem Grabstein gewählt hatte, mietete ich das Zimmerfolge direkt unter dem Bungalow und installierte dort die Geräte, auf denen meine Tonbänder gespielt werden sollten. Diejenigen, die dies lesen, mögen die Bänder wieder anhören, wenn sie wollen. Sie werden mehrere Tonbandgeräte vorfinden. Jedes von ihnen kann in diesem Bungalow mittels versteckter Schalter bedient werden, um die passenden Texte über das Radio abzurufen.

Die Tonbänder waren auf verschiedene Abspielgeräte verteilt, und jedes Band war dazu bestimmt, dem anderen exakt zu folgen, während sich das Verbrechen allmählich entwickelte. Es war eine einfache Aufgabe, diese Morde zu planen. Ich hatte nichts anderes zu tun, als die Fäden in der gleichen Art zu verflechten, wie es ein Dramatiker tut. Indem ich selbst als derjenige agierte, der den Tonbändern die Stichwörter gab, kam die Stimme immer im richtigen Augenblick, um jede Situation zu erläutern.

Für den Notfall waren zwei Abspielgeräte mit Bändern ausgestattet, die jede schwierige Situation glätten konnten. Hätte ich Dr. Reid früher in dem Spiel ausschalten müssen, wären entsprechende Bemerkungen zur Hand gewesen. Oder wäre jemand bei dem Versuch gestorben, früher als beabsichtigt durch eine von den Außentüren zu fliehen, hätte die Stimme ebenfalls die entsprechenden Kommentare gegeben. All diese Apparate sind in dem Büro zu finden, dessen Tür die Aufschrift trägt: ›Süd-Großhandelsgesellschaft. Vertrieb musikelektronischer Geräte.‹ Die Särge kamen — wie Tonbandgeräte verpackt — aus St. Louis. Ich habe sie selbst verladen. Die elektrischen Anlagen waren am wichtigsten — besonders die Schaltanlagen. Dort durfte kein Fehler unterlaufen. Ich hatte einen erfahrenen Techniker aus New York kommen lassen, der die Anlage herstellte. Dabei hatte ich ihm erklärt, das Ganze sei für einen Scherz gedacht, den ich mir mit ein paar Freunden erlauben wollte. Die Ausgänge setzte ich selbst unter Strom, indem ich die Hochspannungsleitung anzapfte. Als der Elektriker seine Arbeit beendet hatte, ließ ich ihn die Tür öffnen. Ordentlich angezogen, wurde er später am Abend mein neunter Gast und fiel aus dem Wandschrank, als die Tür geöffnet wurde.«

Er richtete den Blick mit dem abwesenden Gesichtsausdruck eines Mannes in die Höhe, der Bruchstücke der Erinnerung in genauer Reihenfolge aus seinem Gedächtnis herausgräbt.

»Und was soll ich als nächstes erklären? Oh, ja — schreiben Sie, Peter! Beeilen Sie sich — meine Hände werden allmählich kalt!«

Peter schüttelte nervös den Füllhalter, und Tintentropfen spritzten auf Jeans Kleid.

»Oh, Entschuldigung«, murmelte er.

»Es macht nichts«, sagte Jean atemlos.

»Die Dienstboten, die telefonisch durch eine Agentur engagiert worden waren, fanden schriftliche Anweisungen auf dem Küchentisch. Die Anweisungen waren nach der alten Methode niedergeschrieben worden, daß ich verschiedene Geschäfte aufsuchte und die Schreibmaschinen ausprobierte. Indem die Dienstboten ihre Anweisungen befolgten, wurden sie davon abgehalten, meine Pläne für den Abend zu durchkreuzen. Ich hatte ihnen aufgeschrieben, daß sie als Gegenleistung für ihre Dienste eine Flasche alten Kognak finden würden, den sie zu ihrem eigenen Abendessen trinken könnten. Der Butler wurde dafür verantwortlich gemacht, darauf zu achten, daß sie nichts tranken, bevor die Gäste bedient worden waren. Ihr Kognak — wie die anderen Getränke, die für sie bestimmt waren — enthielt ein Betäubungsmittel, und so wurden sie für den Rest der Nacht harmlos aus dem Wege geschafft.«

»Warten Sie!« rief Peter unvermittelt. »Sie werden sie hinauslassen — und uns auch?«

»Und wenn ich es nicht täte? Gelegentlich wird jemand die Tür einschlagen.«

»Hank, sagen Sie uns, wo der Stromschalter ist!« rief Jean. »Lassen Sie uns hier nicht Stunden und Stunden warten.«

»Sie könnten warten, bis ich mein Diktat beendet habe, nicht wahr?« sagte Hank ärgerlich. »Bitte, schreiben Sie weiter, Peter! Habe ich nicht alles getan, was Sie von mir verlangen könnten, um mich selbst aus dem Wege zu schaffen? Schreiben Sie weiter, Peter! Ich werde es Ihnen später sagen, wenn ich fertig bin.« Er sprach ungeduldig weiter. »Als der letzte von meinen Gästen angekommen war, drehte ich unbemerkt den Schalter an, der die Außentüren unter Starkstrom setzte. Ich war darauf vorbereitet, jeden eventuellen Fluchtversuch zu vereiteln.

Der erste von unserer Gesellschaft, der sterben mußte, war Jason Osgood, der Finanzmann, der in einem wahnsinnigen Versuch, sich selbst zu retten, all seine Mitgäste ermorden wollte. Er injizierte sich selbst das Gift, das im Verschluß der Blausäureflasche enthalten war, vor der die Stimme des Gastgebers gewarnt hatte. Natürlich hatte ich vorausgesehen, daß einer von meinen Gästen von schnellerer Auffassungsgabe sein würde als die anderen. Er würde erkennen, daß der Mörder, der durch das Radio angekündigt hatte, sie alle umzubringen, im Zimmer sein und beobachten müßte, was vor sich ging. Dieser Gast mit der schnelleren Auffassungsgabe würde versuchen, seinen Mörder zu töten, indem er die ganze Gesellschaft umbrachte. Es war anzunehmen, daß Mr. Osgood dies tun würde, denn er war bekanntlich ein Mann, der verzweifelt sorgfältig um seine eigene Sicherheit besorgt war. Doch auch wenn einer von den anderen es getan hätte, wären Tonbänder mit den passenden Texten dagewesen. Ich hatte ihm das Gift in die Hand gespielt. Er hatte uns alle hinausgeschickt, während er seine Drinks mischte. Aber vom Dachgarten aus sah ich ihn in die Küche gehen und mit einem Tablett mit Coktails zurückkommen. Ich hatte also die Genugtuung, daß meine erste psychologische Schlußfolgerung nicht falsch gewesen war, und als ich das Glas hob, das er mir gegeben hatte, und den schwachen Blausäuregeruch bemerkte, wußte ich es sicher. Die nächste aus unserer Gruppe, die dem Zwang des Todes nachgeben sollte, war Mrs. Gaylord Chisholm. Mrs. Chisholm starb, weil sie den Fehler begangen hatte, nur ein Interesse im Leben zu haben, und als sie erfuhr, daß dies vernichtet war, konnte sie nicht mehr leben. Zwanzig Jahre lang hatte Mrs. Chisholm all ihr Geld, all ihr Talent, all ihre Energie darauf verwandt, ein großartiges Gebäude der Überlegenheit zu errichten. Als ich ihr ins Ohr flüsterte, daß es auf einem Fundament von Zahnstochern stände, war für Mrs. Chisholm der Sinn des Lebens fort. Ihr Herz war schwach — ja — aber kein Geflüster kann ein schwaches Herz zum Stillstand bringen, es sei denn, das Flüstern ist von furchtsamer Bedeutsamkeit. Ich erzählte Margaret Chisholm ...«

»Nehmen Sie das nicht mit hinein«, sagte Jean. »Die Verwandten ihres Mannes leben noch, Hank.«

»... ein furchtbares Geheimnis«, fuhr Hank mit einem Schulterzucken fort. »Mrs. Chisholm hörte, wie ihre großartigen Türme der Eitelkeit um sie her zusammenbrachen. Sie hörte im Geiste schon, wie ihre Freunde über sie lachten. Sie sah ihren geheiligten Namen auf den Titelseiten der Zeitungen. Sie sah sich selbst — Mrs. Gaylord Chisholm, die Großartige, die Unantastbare — ruiniert.

Mrs. Gaylord Chisholm starb also, weil sie sterben wollte.

Tim Slamon und Miss Slyvia Inglesby töteten sich — wie Mr. Osgood — selbst und ohne direkte Beteiligung von meiner Seite. Mr. Slamon konnte — wie viele Männer, die sich durch eine prahlerische Art von Mut auszeichnen — leicht erschreckt werden, allerdings nicht für lange Zeit. Die Klarheit seiner Vernunft befähigte ihn, eine Situation zu analysieren und sich ohne große Schwierigkeiten aus bedrohlichen Umständen zu befreien, aber erst nachdem er seine anfängliche Furcht überwunden hatte. Ich erinnerte mich an diesen Charakterzug bei ihm und an seine Gewohnheit, in Augenblicken der Erregung die Beine um die Stuhlbeine zu schlingen. Ich brachte also Einspritznadeln in den Armlehnen und Beinen eines Sessels mit Blumenmuster an, der denen in Mr. Slamons Wohnzimmer so ähnelte, daß ich sicher war, er würde sich früher oder später hineinsetzen. In kritischen Augenblicken bietet sogar ein vertraut aussehendes Möbelstück eine Art von Beruhigung. Ich wartete, bis Mr. Slamon in dem Sessel saß, und ließ dann das Tonband spielen, auf der die Stimme des Gastgebers verkündete, daß Mr. Slamon als nächster sterben würde. Plötzlich drehte ich das Licht aus. Mr. Slamon zuckte zusammen, machte seine übliche Bewegung, und die Nadeln spritzten eine gewisse Menge Gift in sein Blut. Ich drehte das Licht an, sah, daß er tot war, und ließ das Tonband laufen, welches den Kommentar des Gastgebers gab.

Bei Mr. Slamons Tod verlor Miss Inglesby — so seltsam es auch klingt — den Kopf. Etwas, was nie zuvor in ihrer glänzenden Karriere geschehen war. Es ist jedoch leicht zu begreifen, daß, je länger man seine natürlichen Reaktionen in kritischen Umständen unterdrückt, man um so wahrscheinlicher einen Bruch jenes Dammes der Selbstbeherrschung in einem Augenblick verzweifelter Anspannung erleben wird. Die Ereignisse des Abends hatten Miss Inglesby beträchtlich erschüttert; als Mr. Slamon starb, sah ich, daß sie dem Zusammenbruch nahe war und forcierte den Vorgang noch ein wenig, indem ich so tat, als würde ich selbst halb verrückt werden, und sie beschuldigte, ihn getötet zu haben. Ich brachte ihr einige von ihren wohlbekannten ungesetzlichen Manövern in Erinnerung und ließ die Stimme des Gastgebers im richtigen Augenblick ertönen, um ihre Selbstbeherrschung völlig zu zerrütten. Sie wurde einen Augenblick verrückt und stürzte auf die Außentür zu, von der man ihr gesagt hatte, daß sie eine tödliche Stromladung enthielt. Miss Inglesby beging Selbstmord, wie ich es vorausgesehen hatte.«

»Das ist schrecklich«, sagte Jean erschauernd.

»Warum?« fragte Hank. »Es ist genau das, was geschehen ist. Schreiben Sie weiter, Peter.

Dr. Murray Chambers Reid verkündete mit der ihm eigenen Selbstgefälligkeit, daß er einen Weg gefunden hätte, den Gastgeber in Verwirrung zu bringen. Ich muß zugeben, daß Dr. Reid bereits einige psychologische Schlußfolgerungen gezogen hatte, die der Wahrheit so nahe kamen, daß sie mich bedenklich gestimmt hätten, wenn ich nicht darauf vertraut hätte, daß Dr. Reids Geist zu sehr an die längst festgetretenen Denkwege gewöhnt war, als daß er einen unvertrauten Kurs hätte einschlagen können, der ihn zur Lösung des Rätsels geführt hätte.

Dr. Reid sagte, er habe bemerkt, daß bei all diesen Toden die Opfer dem Mörder irgendwie Hilfestellung geleistet hätten, und daß er deshalb beabsichtige, bis zum Morgen dort zu bleiben, wo er sei. Ich hatte bereits den Tod von Dr. Reid geplant, aber diese stupide Ankündigung von ihm zeigte mir, daß es nun schon an der Zeit war. Ich schaltete die Lichter aus und nahm ein Paar Pistolen aus einem Versteck hinter dem Stuhl, in dem ich saß. In der Dunkelheit zielte ich mit der Pistole in meiner rechten Hand auf Dr. Reid und mit der in der Linken auf das Fenster hinter mir. Ich drückte sie beide zu gleicher Zeit ab.

Beide Pistolen waren mit Maximschalldämpfern ausgestattet. Beide hatten lange Läufe, die das Mündungsfeuer erstickten. Eine hatte eine Aluminiumkugel mit einer leichten Pulverladung. Ich hielt die Mündung der Pistole in meiner linken Hand so, daß die Aluminiumkugel meine Schläfe streifte und dann die Fensterscheibe hinter mir durchschlagen mußte.

Nachdem ich die Pistolen mit meinem Taschentuch abgewischt hatte, um Fingerabdrücke auszulöschen, ließ ich sie wieder in ihr Versteck fallen und schaltete das Licht ein. Es sah nun so aus, als wäre Dr. Reid von einer Kugel getroffen worden, die außerhalb des Fensters abgeschossen worden war. Dr. Reid war so gestorben, wie er gelebt hatte: er saß still.«

Hank machte eine Pause.

»Um Himmels willen!« rief Jean aus.

Peter hob den Federhalter mit zuckender Hand.

»Ist das alles?«

»Ich glaube. Ja, das ist alles. Ich habe mein Genie an einem ungewöhnlichen Prüfstein bewiesen. Wissen Sie ...«

»Halt!« rief Peter, dessen Geduld plötzlich riß. »Halt! Ich will verdammt sein, wenn ich mir noch eine weitere Phrase Ihres schrecklichen Gefasels anhöre. Unterschreiben Sie dieses widerliche Schriftstück und schweigen Sie.«

Hank unterbrach ihn mit einem trockenen Gelächter.

»Sie sind in so schrecklicher Eile, Peter.«

»Ja, das bin ich. Ich möchte dies hinter mich bringen. Unterschreiben Sie dieses Geständnis, Hank, bevor ich Ihnen den Degen durch den Leib renne!«

Mit dem Federhalter und dem Papier in seinen ausgestreckten Händen hielt er inne. Hank, der in seinen Heftpflasterbandagen wie eine boshafte Mumie aussah, schüttelte sich vor unkontrolliertem, schrecklichem Lachen.

»Unterschreiben, Sie Idiot? Natürlich werde ich nicht unterschreiben. Haben Sie gedacht, daß ich es tun würde? Oh, Sie Narr, Sie vertrauensseliger Narr! Ich habe eine Dosis Talkumpuder verschluckt und *Sie* werden in dreißig Sekunden tot sein — mit einem Geständnis in Ihrer eigenen Handschrift in der Hand.«

Einen Augenblick starrte Peter ihn — gebannt von Schrecken — an. Der ganze Raum schien sich um ihn zu drehen. Er sah Hanks scheußlich grinsendes Gesicht und Jeans erschrockene Augen nur undeutlich wie durch eine fehlerhafte Glasscheibe. Plötzlich fühlte er einen schmerzhaften Schlag an seiner rechten Hand. Der Federhalter fiel klappernd zu Boden, und Hank sprang mit einem Wutgeheul auf die Füße.

»Halten Sie ihn fest, Peter!« schrie Jean in der allgemeinen Verwirrung, und in fast mechanischer Reaktion warf sich Peter auf Hanks gefesselten Körper. Kurze Zeit kämpften sie miteinander und wälzten sich auf dem Teppich hin und her. Hank wehrte sich wie verrückt, in seinem gefesselten Körper steckte eine erstaunliche Kraft. Peters Gesicht war rot, und er keuchte, als er schließlich mit den Knien auf Hanks Brust hockte und aufschaute.

»Jean!« rief er. »Wo sind Sie?«

»Hier«, antwortete sie und kam heran.

Er bemerkte zum ersten Male, daß ihre Hände zitterten und daß dunkle Ringe der Erschöpfung unter ihren Augen waren.

»Sind Sie unversehrt, Peter?«

Hank drehte seinen Kopf auf dem Boden.

»Und sind Sie unversehrt, Sie verdammte kleine Schlange?«

»Seien Sie still!« befahl Peter.

»Still sein? Warum sollte ich das tun? Wenn dieses Mädchen nicht zu schnell für uns beide gewesen wäre, dann wären Sie jetzt sehr still.«

»Dann war es also doch der Füllhalter!« rief Jean triumphierend.

»Peter, würden Sie wohl so gut sein, Ihr Knie aus meinen Rippen zu nehmen?« sagte Hank mit gepreßter Stimme.

»Ich will verdammt sein, wenn ich es tue«, stieß Peter hervor.

»Ich glaube, er kann uns nichts mehr antun«, sagte Jean. »Ich glaube wirklich, das war sein letzter Trick, sonst wäre er nicht so wütend gewesen.«

»Was für ein Trick?« fragte Peter.

Er runzelte die Stirn, und es wurde ihm zum ersten Male klar, daß mehr als dreißig Sekunden vergangen waren, seit er das Geständnis zu Ende geschrieben hatte, und daß er noch am Leben war.

»Der Füllhalter, Peter«, sagte Jean. »Sie kauen immer an der Kuppe Ihres Füllhalters, wenn Sie scharf nachdenken.«

»Ja, ich weiß«, sagte Peter verwirrt. »Ich tue es unbewußt. Ich habe es immer getan. Mein Gott, ich habe doch in diesem verfluchten Haus auf nichts gebissen, nicht wahr?«

»Sie haben es nicht getan«, sagte Hank gepreßt, aber mit einem Beiklang von heimtückischem Sarkasmus. »Aber Sie würden es getan haben.«

»Ich habe Ihnen den Füllhalter aus der Hand geschlagen«, sagte Jean. »Sie standen im Begriff, hineinzubeißen. Hank hatte Sie erschreckt. Sie waren verwirrt. Ich dachte nicht bewußt — es war wie eine blitzartige Eingebung, mir wurde plötzlich klar, daß er ja den ganzen Abend unsere Angewohnheiten auf diese Weise ausgenutzt hatte.«

»Sie sind ein erstaunliches Mädchen«, sagte Peter langsam.

»Ja«, murmelte Hank. »Erstaunlich. Wenn Peter in die Kuppe des Füllhalters gebissen hätte, wäre ihm so viel Blausäure in die Kehle gespritzt, daß er uns jetzt nicht mehr im Wege stände, Jean.«

»Und Sie hätten mich dann getötet«, sagte Jean mit einem Erschauern.

»Sehr richtig. Ich hätte Sie ohne große Schwierigkeiten völlig hysterisch gemacht, und wenn Sie sich nicht — wie Sylvia es getan hat — auf jene Todestür getürzt hätten, dann hätte ich jenen Degen irgendwie zwischen meine Knie bekommen und soviel von dem Heftpflaster durchschnitten, daß ich Sie hätte erwürgen können. Dann hätte ich den Rest abgeschnitten. Aber Sie sind ein schlaues Mädchen, Jean.«

»Wirklich schlau«, sagte Peter mit einem langsamen Lächeln. »Wissen Sie eigentlich, Jean, daß Sie und ich einander heute nacht das Leben gerettet haben?«

Sie lächelte. Dann wandte sie sich plötzlich Hank zu.

»Warum wollten Sie mich töten, Hank?«

»Ich hatte überhaupt keinen Grund. Aber dadurch wäre das Geheimnis vollkommener gewesen.«

»Mein Gott«, sagte Peter.

Jean trat einen Schritt näher an Hanks lang hingestreckten Körper heran.

»Hank«, sagte sie gepreßt, »lassen Sie uns jetzt heraus!«

»Nein.«

»Sie wollen es nicht tun?« rief Peter. »Nicht einmal jetzt!«

»Nein. Ich will nicht, daß ihr beiden früher zur Polizei lauft, als es mir recht ist. Außerdem ist es ganz amüsant, hier völlig hilflos dazuliegen, während Peter mich niederhält, und dabei zu wissen, daß ihr ebenso hilflos seid wie ich.«

Peter beugte sich langsam vor und hob den Füllhalter auf, mit dem er Hanks Geständnis niedergeschrieben hatte.

»Hank«, sagte er. »Wir werden schließlich doch gerettet werden. Dann wird man Sie aufhängen.«

»Ja«, sagte Hank.

»Es gibt nur einen Gegendienst, den wir Ihnen dafür leisten können, daß Sie uns von dem Dachgarten herunterlassen, bevor Jean und ich völlig hysterisch werden. Wir könnten Sie in die Kuppe des Füllhalters beißen lassen.«

Hank bewegte sich ein wenig unter Peters Knien. Nach einer Pause antwortete er.

»Sie wollen mir den Füllhalter geben, bevor Sie gehen?«

»Wenn die Tür offen ist.«

Hank dachte nach.

»Es ist ein faires Abkommen«, sagte er schließlich. »Ich möchte nicht gern gehenkt werden. Gerichtsverhandlungen sind zu lästig und dauern so lange. Geben Sie mir den Füllhalter!«

Peter schüttelte den Kopf.

»Wie stellen Sie den elektrischen Strom in der Tür ab?«

»Es gibt zwei Schalter — einen im Vorderzimmer und einen draußen in der Nähe der Tür. Ich benutzte den äußeren Schalter, um den Strom abzustellen, als Sylvia getötet war. Es ist ein winziger, grauer Knopf zwischen zwei Steinen in der Wand — dicht rechts neben der Tür. Drücken Sie den Knopf nieder.«

»Sie werden es tun, Hank.«

»Sie trauen mir noch immer nicht? Geben Sie mir den Füllhalter in die Hand und bringen Sie mich dort hinaus.«

»Ich werde es tun«, sagte Jean plötzlich. »Ich werde die Ecke eines Buches benutzen und den Knopf nicht direkt berühren. Warten Sie einen Augenblick.«

Sie eilte hinaus. Peter wartete.

Er hielt Hank immer noch am Boden gepreßt und achtete darauf, daß der Füllhalter nicht in seine Reichweite gelangte.

»Ich habe den Knopf gefunden«, sagte Jean, als sie zurückkehrte. »Ist es jetzt wirklich ungefährlich, die Tür zu öffnen, Hank?«

»Ja. Ich schwöre, daß es ungefährlich ist. Geben Sie mir den Füllhalter, Peter.«

Peter richtete sich auf. Er hatte den Füllhalter in der Hand.

»Kommen Sie mit, und öffnen Sie die Tür, Hank«, sagte er. »Dann werde ich Ihnen den Füllhalter geben.«

Halb ihn tragend und halb ihn mit sich ziehend brachte er Hank zur Außentür des Dachgartens. Jean folgte den beiden.

Peter lehnte Hank an den Türrahmen und ließ ihn stehen. Hank stand da und lächelte schief. Jean schaute über den Dachgarten hin.

»Es ist Morgen«, sagte sie.

Sie schauten auf. Ein Fächer von goldenen Wolken entfaltete sich über den Dächern, und dahinter leuchtete der Himmel in einem klaren Pfauengrün.

Peter und Jean wandten den Blick vom Himmel ab und schauten einander an. Hanks Augen ruhten auf dem Dachgarten und den Wrackstücken seiner Vernichtung.

»Öffnen Sie die Tür, Hank«, sagte Peter.

Hank beugte sich ein wenig vor und griff nach dem Türknauf. Seine an den Gelenken gefesselten Hände packten zu und drehten den Knauf. Die Tür schwang auf.

Jean trat hinaus. Als Peter ihr folgte, lockerte sich sein Griff an dem Füllhalter, und Hank griff danach. Jenseits der Schwelle sah Peter den Gang und die Stufen, die zum Aufzug hinunterführten. Es erschien ihm seltsam, daß sich hier draußen nichts geändert hatte, seit sie die Treppe emporgestiegen waren.

Als sie zurückschauten, sahen sie Hank an der Wand lehnen. Er lächelte ihnen seltsam zu, und während sie noch hinsahen, beugte er den Kopf zu seinen Händen hinunter. Bedächtig biß er in die Kuppe des Füllhalters, und sie sahen ihn schlucken. Die Tür schloß sich.